Mémoires du duc de Saint-Simon

Louis De Rouvroy

Édition et mise en page : Culturea (Hérault, 34)
Retrouvez notre catalogue sur http://culturea.fr/
Contact : infos@culturea.fr
Imprimé en Allemagne par Books on Demand Gmbh
Design typographique et layout : Derek Murphy et Reedsy
ISBN : 9791041997671
Date de parution : Avril 2024

I – L'ÉDITION.

L'éditeur ne met point en tête de ces Mémoires : Nouvelle édition ; c'est dire que les précédentes n'existent pas. En effet, il le pense, non sans raisons. Il y a découvert beaucoup de bévues, dont plusieurs fort amusantes. « Chamillart, disaient-elles, se fit adorer de ses ennemis. » Le grand homme ! Comment a-t-il pu faire ? Attendez un peu ; le vrai texte change un mot : « commis », au lieu d'ennemis. Vous et moi nous serons aussi habiles que Chamillart quand nous serons ministres ; il nous suffira d'un sac d'écus.

— D'autres corrections nous humilient. Nous lisions avec étonnement cette phrase étonnante : « Il n'y eut personne dans le chapitre qui ne le louât extrêmement, mais sans louanges. M. de Marsan fit mieux que pas un. » Nous cherchions le secret de ce galimatias avec une admiration respectueuse. L'admiration était de trop ; le galimatias appartenait aux éditeurs ; il y a un point après extrêmement : « mais sans louanges, M. de Marsan fit mieux que pas un. » La phrase redevient sensée et claire.

— Les anciens éditeurs, trouvant des singularités dans Saint-Simon, lui ont prêté des bizarreries. On est libéral avec les riches : « La nouvelle comtesse de Mailly, disent-ils, avait apporté tout le gauche de sa province, et entra dessus toute la gloire de la toute-puissante faveur de madame de Maintenon. » Cette métaphore inintelligible vous effarouche ; ne vous effarouchez pas. Saint-Simon a mis enta. S'il y a là une broussaille littéraire, ce sont les éditeurs qui l'ont plantée. Ils en ont planté bien d'autres, plus embarrassantes, car elles sont historiques : des noms estropiés, des dates fausses,

Villars à la place de Villeroy ; le comte de Toulouse et la duchesse de Berry mariés avant leur mariage ; et, ce qui est pis, des contre-sens de mœurs. En voici un singulier : « Le roi, tout content qu'il était toujours, riait aussi. » On s'étonnait de trouver Louis XIV bonhomme, guilleret et joyeux compère, et l'on ne savait pas que le manuscrit porte contenu au lieu de content.

— Le pis, c'est que le Saint-Simon prétendu complet ne l'était pas. Les éditeurs l'avaient écourté, comme autrefois les ministres ; l'inadvertance littéraire lui avait nui comme la pruderie monarchique. Plusieurs passages, et des plus curieux, manquaient, entre autres les portraits de tous les grands personnages du conseil d'Espagne. Celui-ci, par exemple, était-il indigne d'être conservé ? « Escalona, mais qui plus ordinairement portait le nom de Villena, était la vertu, l'honneur, la probité, la foi, la loyauté, la valeur, la piété, l'ancienne chevalerie même, je dis celle de l'illustre Bayard, non pas celle des romans et des romanesques. Avec cela beaucoup d'esprit, de sens, de conduite, de hauteur et de sentiment, sans gloire et sans arrogance, de la politesse, mais avec beaucoup de dignité ; et par mérite et sans usurpation, le dictateur perpétuel de ses amis, de sa famille, de sa parenté, de ses alliances, qui tous et toutes se ralliaient à lui. Avec cela, beaucoup de lecture, de savoir, de justesse et de discernement dans l'esprit, sans opiniâtreté, mais avec fermeté ; fort désintéressé, toujours occupé, avec une belle bibliothèque, et commerce avec force savants dans tous les pays de l'Europe, attaché aux étiquettes et aux manières d'Espagne sans en être esclave ; en un mot, un homme de premier mérite, et qui par là a toujours été compté, aimé, révéré beaucoup plus que par ses grands emplois, et qui a été assez heureux pour n'avoir contracté aucune tache de ses malheurs militaires en Catalogne. » Ce portrait épanouit le cœur. Nous nous étonnons et nous nous réjouissons qu'il y ait eu un si honnête homme dans un pays si perdu, parmi tant de coquins et d'imbéciles, aux yeux d'un juge si pénétrant, si curieux, si sévère. Nous louons l'édition, et nous remarquons, en relisant la première page, que nous aurions pu sans examen la louer sur le titre : c'est M. Chéruel qui a corrigé le texte ; c'est M. Sainte-Beuve qui a fait l'introduction.

II – LE SIÈCLE.

Il y a des grandeurs dans le XVIIe siècle : des établissements, des victoires, des écrivains de génie, des capitaines accomplis, un roi, homme supérieur, qui sut travailler, vouloir, lutter et mourir. Mais les grandeurs sont égalées par les misères. Ce sont les misères que Saint-Simon révèle au public.

Avant de l'ouvrir, nous étions au parterre, à distance, placés comme il fallait pour admirer et admirer toujours. Sur le devant du théâtre, Bossuet, Boileau, Racine, tout le chœur des grands écrivains jouaient la pièce officielle et majestueuse. L'illusion était parfaite ; nous apercevions un monde sublime et pur. Dans les galeries de Versailles, près des ifs taillés, sous des charmilles géométriques, nous regardions passer le roi, serein et régulier comme le soleil son emblème. En lui, chez lui, autour de lui, tout était noble. Les choses basses et excessives avaient disparu de la vie humaine. Les passions s'étaient contenues sous la discipline du devoir. Jusque dans les moments extrêmes, la nature désespérée subissait l'empire de la raison et des convenances. Quand le roi, quand Monsieur serraient Madame mourante de si tendres et de si vains embrassements, nul cri aigu, nul sanglot rauque ne venait rompre la belle harmonie de cette douleur suprême ; les yeux un peu rougis, avec des plaintes modérées et des gestes décents, ils pleuraient, pendant que les courtisans, « autour d'eux rangés », imitaient par leurs attitudes choisies les meilleures peintures de Lebrun. Quand on expirait, c'était sur une phrase limée, en style d'académie ; si l'on était grand homme, on appelait ses proches et on leur disait :

Dans cet embrassement dont la douceur me flatte,
Venez et recevez l'âme de Mithridate.

Si l'on était coupable, on mettait la main sur ses yeux avec indignation, et l'on s'écriait :

Et la mort, à mes yeux dérobant la clarté,
Rend au jour qu'ils souillaient toute sa pureté.

Dans les conversations, quelle dignité et quelle politesse ! Il nous semblait voir les grands portraits de Versailles descendre de leurs cadres, avec l'air de génie qu'ils ont reçu du génie des peintres. Ils s'abordaient avec un demi-sourire, empressés et pourtant graves, également habiles à se respecter et à louer autrui. Ces seigneurs en perruques majestueuses, ces princesses aux coiffures étagées, aux robes traînantes, ces magistrats, ces prélats agrandis par les magnifiques plis de leurs robes violettes, ne s'entretenaient que des plus beaux sujets qui puissent intéresser l'homme ; et si parfois des hauteurs de la religion, de la politique, de la philosophie, de la littérature, ils daignaient s'abaisser au badinage, c'était avec la condescendance et la mesure de princes nés académiciens. Nous avions honte de penser à eux ; nous nous trouvions bourgeois, grossiers, polissons, fils de M. Dimanche, de Jacques Bonhomme et de Voltaire ; nous nous sentions devant eux comme des écoliers pris en faute ; nous regardions avec chagrin notre triste habit noir, héritage des procureurs et des saute-ruisseaux antiques ; nous jetions les yeux au bout de nos manches, avec inquiétude, craignant d'y voir des mains sales. Un duc et pair arrive, nous tire du parterre, nous mène dans les coulisses, nous montre les gens débarrassés du fard que les peintres et les poètes ont à l'envi plaqué sur leurs joues. Eh ! bon Dieu ! quel spectacle ! Tout est habit dans ce monde. Ôtez la perruque, la rhingrave, les canons, les rubans, les manchettes ; reste Pierre ou Paul, le même hier qu'aujourd'hui.

Allons, s'il vous plaît, chez Pierre et chez Paul : ne craignez pas de vous compromettre.

Le duc de Saint-Simon nous conduit ; d'abord chez M. le Prince, fils du grand Condé, en qui le grand Condé, comme dit Bossuet, « avait mis toutes ses complaisances. » Voici un intérieur de ménage : « Madame la Princesse était sa continuelle victime. Elle était également laide, vertueuse et sotte ; elle était un peu bossue, et avec cela un gousset fin qui la faisait suivre à la piste, même de loin. Toutes ces choses n'empêchèrent pas M. le Prince d'en être jaloux jusqu'à la fureur et jusqu'à sa mort. La piété, l'attention infatigable de madame la Princesse, sa douceur, sa soumission de novice ne purent la garantir ni des injures fréquentes, ni des coups pied et de poing, qui n'étaient pas rares. » Il avait couru après l'alliance des bâtards, et, pendant que sa fille était chez le roi, faisait antichambre à la porte. Nous ne savions pas qu'un prince eût l'âme et les mœurs d'un laquais.

Celui-là est le seul sans doute. Courons chez les princesses. Ces charmantes fleurs de politesse et de décence nous feront oublier ce charretier en habit brodé.

— « Monseigneur, en entrant chez lui, trouva madame la duchesse de Chartres et madame la duchesse qui fumaient avec des pipes qu'elles avaient envoyé chercher au corps de garde suisse. Monseigneur, qui en vit les suites, si cette odeur gagnait, leur fit quitter cet exercice. Mais la fumée les avait trahies. » C'était une gaieté, n'est-ce pas, un enfantillage ?

— Non pas, c'était une habitude. Elles recommencèrent à plusieurs reprises, et le roi fut obligé de les gourmander à plusieurs reprises. Un jour, madame la princesse de Conti, à haute voix, devant toute la cour, appela madame de Chartres « sac à vin. » Celle-ci, faisant allusion aux basses galanteries de l'autre, riposta par « sac à guenilles. »

Les effets se devinent : « madame la duchesse de Bourgogne fit un souper à Saint-Cloud avec madame la duchesse de Berry. Madame la duchesse de Berry et M. le duc d'Orléans, mais elle bien plus que lui, s'y enivrèrent au point que madame la duchesse de Bourgogne, madame la duchesse d'Orléans, et tout ce qui était là ne surent que devenir. L'effet du vin, par haut et bas, fut tel qu'on en fut en peine, et ne la désenivra point, tellement qu'il fallut la ramener en cet état à Versailles. Tous les gens des équipages le virent, et ne s'en turent pas. » C'était la régence avant la régence. Les énormes soupers de Louis XIV et les indigestions de Monseigneur « tout noyé dans l'apathie et dans la graisse », en donnaient un avant-goût.

À tout le moins, le roi se respecte ; s'il avale en loup, il mange en monarque. Sa table est noble ; on n'y voit point les bouffonneries d'une cour du Moyen Âge, ni les grossières plaisanteries d'un régal d'étudiants. Attendez ; voici un de ces soupers et un de leurs personnages : « Madame Panache était une petite et fort vieille créature avec des lippes et des yeux éraillés à faire mal à ceux qui la regardaient, une espèce de gueuse qui s'était introduite à la cour sur le pied d'une manière de folle, qui était tantôt au souper du roi, tantôt au dîner de Monseigneur et de madame la Dauphine, où chacun se divertissait de la mettre en colère, et qui chantait pouille aux gens à ces dîners-là pour faire rire, mais quelquefois fort sérieusement et avec des injures qui embarrassaient et divertissaient encore plus les princes et les princesses, qui lui emplissaient ses poches de viandes et de ragoûts, dont la sauce découlait tout du long de ses jupes ; les autres lui donnaient une pistole ou un écu, les autres des chiquenaudes et des croquignoles dont elle entrait en furie ; parce qu'avec des yeux pleins de chassie, elle ne voyait pas au bout de son nez, ni qui l'avait frappée, et c'était le passe-temps de la cour. »

Aujourd'hui l'homme qui s'amuserait d'un tel passe-temps passerait probablement pour un goujat de bas étage, et je ne raconterai pas ici ceux qu'on prit avec la princesse d'Harcourt.

On répondra que ces gens s'ennuyaient, que ces mœurs étaient une tradition, qu'un amusement est un accident, qu'au fond le cœur n'était pas vil : « Nanon, la vieille servante de madame de Maintenon, était une demi-fée à qui les princesses se trouvaient heureuses quand elles avaient occasion de parler et d'embrasser, toutes filles de roi qu'elles étaient, et à qui les ministres qui travaillaient chez madame de Maintenon faisaient la révérence bien bas. » L'intendant Voysin, petit roturier, étant devenu ministre, « jusqu'à Monseigneur se piqua de dire qu'il était des amis de madame Voysin, depuis leur connaissance en Flandre. » On verra dans Saint-Simon comment Louvois, pour se maintenir, brûla le Palatinat, comment Barbezieux, pour perdre son rival, ruina nos victoires d'Espagne. Les belles façons et le superbe cérémonial couvrent les bassesses et les trahisons ; on est là comme à Versailles, contemplant des yeux la magnificence du palais, pendant que l'esprit compte tout bas les exactions, les misères et les tyrannies qui l'ont bâti. J'omets les scandales ; il y a des choses qu'aujourd'hui on n'ose plus écrire, et il faut être Saint-Simon, duc et pair, historien secret, pour parler de M. de Brissac, du chevalier de Lorraine et de madame de Valentinois. Là-dessus les Mémoires de Madame nous édifieraient encore davantage. Les mœurs nobles au XVIIe siècle, comme les mœurs chevaleresques au XIIe, ne furent guère qu'une parade. Chaque siècle joue la sienne et fabrique un beau type : celui-ci le chevalier, celui-là l'homme de cour.

Il serait curieux de démêler le chevalier vrai sous le chevalier des poëmes. Il est curieux, quand on a connu l'homme de cour par les écrivains et par les peintres, de connaître par Saint-Simon le véritable homme de cour.

Rien de plus vide que cette vie. Vous devez attendre, suer et bâiller intérieurement, six ou huit heures chaque jour chez le roi. Il faut qu'il connaisse de longue vue votre visage ; sinon vous êtes un mécontent. Quand on demandera une grâce pour vous, il répondra : « Qui est-il ? C'est un homme que je ne vois point. » Le premier favori, l'homme habile, le grand courtisan est le duc de la Rochefoucauld : suivez son exemple. « Le lever, le coucher ; les deux autres changements d'habits tous les jours, les chasses et les promenades du roi, tous les jours aussi, il n'en manquait jamais ; quelquefois dix ans de suite sans découcher d'où était le roi, et sur pied de demander un congé, non pas pour découcher, car en plus de quarante ans il n'a jamais couché vingt fois à Paris, mais pour aller dîner hors de la cour et ne pas être de la promenade. » Vous êtes une décoration, vous faites partie des appartements ; vous êtes compté comme un des baldaquins, pilastres, consoles et sculptures que fournit Lepautre. Le roi a besoin de voir vos dentelles, vos broderies, votre chapeau, vos plumes, votre rabat, votre perruque. Vous êtes le dessus d'un fauteuil. Votre absence lui dérobe un de ses meubles. Restez donc, et faites antichambre. Après quelques années d'exercice on s'y habitue ; il ne s'agit que d'être en représentation permanente. On manie son chapeau, on secoue du doigt ses dentelles, on s'appuie contre une cheminée, on regarde par la fenêtre une pièce d'eau, on calcule ses attitudes et l'on se plie en deux pour les révérences ; on se montre et on regarde ; on donne et on reçoit force embrassades ; on débite et l'on écoute cinq ou six cents compliments par jour.

Ce sont des phrases que l'on subit et que l'on impose sans y donner attention, par usage, par cérémonie, imitées des Chinois, utiles pour tuer le temps, plus utiles pour déguiser cette chose dangereuse, la pensée. On conte des commérages. On s'attendrit sur l'anthrax du souverain. Le style est excellent, les ménagements infinis, les gestes parfaits, les habits de la bonne faiseuse ; mais on n'a rien dit, et pour toute action on a fait antichambre. Si vous êtes las, imitez M. le Prince. « Il dormait le plus souvent sur un tabouret, auprès de la porte, où je l'ai maintes fois vu ainsi attendre avec les courtisans que le roi vînt se coucher. » Bloin, le valet de chambre, ouvre les battants. Heureux le grand seigneur qui échange un mot avec Bloin ! les ducs sont trop contents quand ils peuvent dîner avec lui. Le roi entre et se déshabille. On se range en haie. Ceux qui sont par-derrière se dressent sur leurs pieds pour accrocher un regard. Un prince lui offre la chemise. On regarde avec une envie douloureuse le mortel fortuné auquel il daigne confier le bougeoir. Le roi se couche, et les seigneurs s'en vont, supputant ses sourires, ses demi-saluts, ses mots, sondant les faveurs qui baissent ou qui montent, et l'abîme infini des conséquences. Iront-ils chez eux se reposer de l'étiquette ? Non pas ; vite les carrosses. Courons à Meudon, tâchons de gagner Dumont, un valet de pied, Francine ou tout autre. Il faut contre-peser le maréchal d'Uxelles qui tous les jours envoie des têtes de lapins pour le chien de la maîtresse de Monseigneur.

— Mais, bon Dieu ! en gagnant Monseigneur, ses domestiques, sa maîtresse et le chien de sa maîtresse, n'aurais-je point offensé madame de Maintenon et « son mignon », M. de Maine, le poltron qui va se confesser pour ne point se battre en Flandre ? Vite à Saint-Cyr, puis à l'hôtel du Maine.

— J'y pense, le meilleur moyen de gagner les nouveaux bâtards, c'est de flatter les anciens bâtards ; pour gagner le duc du Maine, saluons bien bas le duc de Vendôme. Cela est dur, l'homme est grossier. N'importe, marchons chez lui, et bon courage ; mon étoile fera peut-être que je ne le trouverai ni par terre, ivre sous la table, ni trônant sur sa chaise percée.

— Ô imprudent que je suis ! voir les princes, sans avoir vu d'abord les ministres ! Vite chez Barbezieux, chez Pontchartrain, chez Chamillart, chez Voysin, chez leurs parents, chez leurs amis, chez leurs domestiques. N'oublions point surtout que demain matin il faut être à la messe et vu de madame de Maintenon, qu'à midi je dois faire ma cour à madame la duchesse de Bourgogne, qu'il sera prudent d'aller recevoir ensuite les rebuffades allemandes de Madame et les algarades seigneuriales de M. le Prince ; que je ferai sagement de louer la chimie dans l'antichambre de M. le duc d'Orléans, qu'il me faut assister au billard du roi, à sa promenade, à sa chasse, à son assemblée, que je dois être ravi en extase s'il me parle, pleurer de joie s'il me sourit, avoir le cœur brisé s'il me néglige, répandre devant lui, comme Lafeuillade et d'Aubin, les effusions de ma vénération et de ma tendresse, crier à Marly, comme l'abbé de Polignac, que la pluie de Marly ne mouille point !— Des intrigues et des révérences, des courses en carrosse et des stations d'antichambre, beaucoup de tracas et beaucoup de vide, l'assujettissement d'un valet, les agitations d'un homme d'affaires, voilà la vie que la monarchie absolue impose à ses courtisans.

Il y a profit à la subir. Je copie au hasard un petit passage instructif : M. le duc d'Orléans ayant fait Law contrôleur général, voulut consoler les gens de la cour : « Il donna 600,000 livres à la Fare, capitaine de ses gardes ; 100,000 livres à Castries, chevalier d'honneur de la duchesse d'Orléans ; 200,000 livres au vieux prince de Courtenay, qui en avait grand besoin ; 20,000 livres de pension au prince de Talmont ; 6,000 livres à la marquise de Bellefond, qui en avait déjà une pareille, et, à force de cris de M. le prince de Conti, une de 60,000 livres au comte de la Marche son fils, à peine âgé de trois ans. Il en donna encore de petites à différentes personnes. » La belle curée ! Saint-Simon, si fier, y met la main par occasion et en retire une augmentation d'appointements de 11,000 livres. Depuis que la noblesse parade à Versailles en habits brodés, elle meurt de faim, il faut que le roi l'aide. Les seigneurs vont à lui ; il est père de son peuple. Et qu'est-ce que son peuple, sinon les gentilshommes[1] ?

— Sire, écoutez mes petites affaires. J'ai des créanciers, donnez-moi des lettres d'État pour suspendre leurs poursuites. J'ai « froqué un fils, une fille et fait prêtre malgré lui un autre fils » ; donnez une charge à mon aîné et consolez mon cadet par une abbaye. Il me faut des habits décents pour monter dans vos carrosses ; accordez-moi 100,000 francs de retenue sur ma charge. Un homme admis à vos levers a besoin de douze domestiques ; donnez-moi cette terre qu'on vient de confisquer sur un protestant ; ajoutez-y ce dépôt qu'il m'avait confié en partant et que je vous révèle[2]. Mes voitures me coûtent gros ; soulagez-moi en m'accordant une affaire. Le comte de Grammont a saisi un homme qui fuyait, condamné à une amende de 12,000 écus, et il en a tiré 50,000 livres. Donnez-moi aussi un homme, un protestant, le premier venu, celui qu'il vous plaira, ou, si vous l'aimez mieux, un droit de 30,000 livres sur les halles, ou même une rente de 20,000 livres sur les carrosses publics. La source est bourgeoise, mais l'argent est toujours bon.

— Et comme le roi, en véritable père, entrait dans les affaires privées de ses sujets, on ajoutait : Sire, ma femme me trompe, mettez-la au couvent. Sire, un tel, petit compagnon, courtise ma fille, mettez-le à la Bastille. Sire, un tel a battu mes gens, ordonnez-lui de me faire réparation. Sire, on m'a chansonné, chassez le médisant de la cour.

— Le roi, bon justicier, faisait la police, et au besoin, de lui-même, commandait aux maris d'enfermer leurs femmes[3], aux pères de « laver la tête à leurs fils. » Nous comprenons maintenant l'adoration, les tendresses, les larmes de joie, les génuflexions des courtisans auprès de leur maître. Ils saluaient le sac d'écus qui allait

---

1 « Toute la France en hommes remplissait la grand'chambre. » Saint-Simon, I, 301. La France, c'est la cour.

2 Trait du président Harlay, I, 414.

3 Par exemple au duc de Choiseul, I, 41.

remplir leurs poches et le bâton qui allait rosser leurs ennemis.

Ils saluaient quelque chose de plus. La soif qui brûlait leur cœur, la furieuse passion qui les prosternait aux genoux du maître, l'âpre aiguillon du désir invincible qui les précipitait dans les extrêmes terreurs et jusqu'au fond des plus basses complaisances, était la vanité insatiable et l'acharnement du rang. Tout était matière à distinctions, à rivalités, à insultes. De là une échelle immense, le roi au sommet, dans une gloire surhumaine, sorte de dieu foudroyant, si haut placé, et séparé du peuple par une si longue suite de si larges intervalles, qu'il n'y avait plus rien de commun entre lui et les vermisseaux prosternés dans la poussière, au-dessous des pieds de ses derniers valets. Élevés dans l'égalité, jamais nous ne comprendrons ces effrayantes distances, le tremblement de cœur, la vénération, l'humilité profonde qui saisissait un homme devant son supérieur, la rage obstinée avec laquelle il s'accrochait à l'intrigue, à la faveur, au mensonge, à l'adulation et jusqu'à l'infamie pour se guinder d'un degré au-dessus de son état.

Saint-Simon, un si grand esprit, remplit des volumes et consuma des années pour des querelles de préséance. Le glorieux amiral de Tourville se confondait en déférences devant un jeune duc qui sortait du collège. Madame de Guise était petite fille de France : « M. de Guise n'eut qu'un ployant devant madame sa femme. Tous les jours à dîner il lui donnait la serviette, et quand elle était dans son fauteuil et qu'elle avait déplié sa serviette, M. de Guise debout, elle ordonnait qu'on lui apportât un couvert. Ce couvert se mettait en retour au bout de la table ; puis elle disait à M. de Guise de s'y mettre, et il s'y mettait. » M. de Boufflers qui à Lille avait presque sauvé la France, reçoit en récompense les grandes entrées ; éperdu de reconnaissance, il tombe à genoux et embrasse les genoux du roi. Il n'y a point d'action qui ne fût un moyen d'honneur pour les uns, de mortification pour les autres. Ma femme aura-t-elle un tabouret ? Monterai-je dans les carrosses du roi ? Pourrai-je entrer avec mon carrosse jusque chez le roi ? Irai-je en manteau chez M. le duc ? M'accordera-t-on l'insigne grâce de me conduire à Meudon ? Aurai-je le bonheur suprême d'être admis aux Marly ? Dans l'oraison funèbre de mon père, est-ce à moi ou au cardinal officiant que le prédicateur adressera la parole ? Puis-je me dispenser d'aller à l'adoration de la croix ?

— C'est peu d'obtenir des distinctions pour soi ; il faut en obtenir pour ses domestiques ; les princesses triomphent de déclarer que leurs dames d'honneur mangeront avec le roi. C'est peu d'obtenir des distinctions pour sa prospérité, il faut en obtenir pour ses supplices : la famille du comte d'Auvergne, pendu en effigie, se désole, non de le voir exécuté, mais de le voir exécuté comme un simple gentilhomme. C'est peu d'obtenir des distinctions de gloire, il faut obtenir des distinctions de honte : les bâtards simples du roi ont la joie de draper à la mort de leur mère, au désespoir des bâtards doubles qui ne le peuvent pas. Dans quel océan de minuties, de tracasseries poussées jusqu'aux coups de poings « et de griffes » ; dans quel abîme de petitesses et de ridicules, dans quelles chicanes inextricables de cérémonial et d'étiquette la noblesse était tombée, c'est ce qu'un mandarin chinois pourrait seul comprendre. Le roi confère gravement, longuement, comme d'une affaire d'État, du rang des bâtards ; et pour établir ce rang, voici ce qu'on imagine : « Il faut donner à M. le duc du Maine « le bonnet comme aux princes du sang qui depuis longtemps ne l'est plus aux pairs, mais lui faire prêter le même serment des pairs, sans aucune différence de la forme ni du cérémonial, pour en laisser une entière à l'avantage des princes du sang qui n'en prêtent point ; et pareillement le faire entrer et sortir de séance tout comme les pairs, au lieu que les princes du sang traversent le parquet ; l'appeler par son nom comme les autres pairs, en lui demandant son avis, mais avec le bonnet à la main un peu moins baissé que pour les princes du sang qui ne sont que regardés sans être nommés ; enfin le faire recevoir et conduire en carrosse par un seul huissier à chaque fois qu'il viendra au Parlement, à la différence des princes du sang qui le sont par deux, et des pairs dont aucun n'est reçu par un huissier au carrosse que le jour de sa réception, et qui, sortant de la séance deux à deux, sont conduits par un huissier jusqu'à la sortie de la grande salle seulement. »

N'allons pas plus loin : de 1689, on aperçoit 1789.

III – L’HOMME.

Il y a deux parts en nous : l’une que nous recevons du monde, l’autre que nous apportons au monde ; l’une qui est acquise, l’autre qui est innée ; l’une qui nous vient des circonstances, l’autre qui nous vient de la nature. Toutes deux vont dans Saint-Simon au même effet, qui est de le rendre historien.

Il fut homme de cour et n’était point fait pour l’être ; son éducation y répugnait ; pour être bon valet, il était trop grand seigneur ; dès l’enfance, il avait pris chez son père les idées féodales. Ce père, homme hautain, vivait, depuis l’avènement de Louis XIV, retiré dans son gouvernement de Blaye, à la façon des anciens barons, si absolu dans son petit État que le roi lui envoyait la liste des demandeurs de places avec liberté entière d’y choisir ou de prendre en dehors, et de renvoyer ou d’avancer qui bon lui semblait. Il était roi de sa famille comme de son gouvernement, et de sa femme comme de ses domestiques. Un jour madame de Montespan envoie à madame de Saint-Simon un brevet de dame d’honneur ; il ouvre la lettre, écrit « qu’à son âge il n’a pas pris une femme pour la cour, mais pour lui.

— Ma mère y eut grand regret, mais il n’y parut jamais. » Je le crois ; on se taisait sous un pareil maître.

— Il se faisait justice, impétueusement, impérieusement, lui-même, avec l’épée, comme sous Henri IV. Un jour ayant vu une phrase injurieuse dans les Mémoires de la Rochefoucauld, « il se jeta sur une plume, et mit à la marge : L’auteur en a menti. » Il alla chez le libraire, et fit de même aux autres exemplaires ; les MM. de la

Rochefoucauld crièrent : il parla plus haut qu'eux, et ils burent l'affront.

— Aussi roide envers la cour, il était resté fidèle pendant la Fronde, par orgueil, repoussant les récompenses, prédisant que le danger passé on lui refuserait tout, chassant les envoyés d'Espagne avec menace de les jeter dans ses fossés s'ils revenaient, dédaigneusement superbe contre le temps présent, habitant de souvenir sous Louis XIII, « le roi des nobles », que jusqu'à la fin il appelait le roi son maître.

Saint-Simon fut élevé dans ces enseignements ; ses premières opinions furent contraires aux opinions utiles et courantes ; le mécontentement était un de ses héritages ; il sortit frondeur de chez lui.

À la cour il l'est encore : il aime le temps passé qui paraît gothique ; il loue Louis XIII en qui on ne voit d'autre mérite que d'avoir mis Louis XIV au monde. Dans ce peuple d'admirateurs il est déplacé ; il n'a point l'enthousiasme profond ni les genoux pliants. Madame de Maintenon le juge « glorieux. » Il ne sait pas supporter une injustice, et donne sa démission faute d'avancement. Il a le parler haut et libre ; « il lui échappe d'abondance de cœur des raisonnements et des blâmes. » Très-pointilleux et récalcitrant, « c'est chose étrange, dit le roi, que M. de Saint-Simon ne songe qu'à étudier les rangs et à faire des procès à tout le monde. » Il a pris de son père la vénération de son titre, la foi parfaite au droit divin des nobles, la persuasion enracinée que les charges et le gouvernement leur appartiennent de naissance comme au roi et sous le roi, la ferme croyance que les ducs et pairs sont médiateurs entre le prince et la nation, et par-dessus tout l'âpre volonté de se maintenir debout et entier dans « ce long règne de vile bourgeoisie. » Il hait les ministres, petites gens que le roi préfère, chez qui les seigneurs font antichambre, dont les femmes ont l'insolence de monter dans les carrosses du roi. Il médite des projets contre eux pendant tout le règne, et ce n'est pas toujours à l'insu du maître ; il veut « mettre la noblesse dans le ministère aux dépens de la plume et de la robe, pour que peu à peu cette roture perde les administrations et pour soumettre tout à la noblesse. »

— Après avoir blessé le roi dans son autorité, il le blesse dans ses affections. Quand il s'agit « d'espèces », comme les favoris et les bâtards, il est intraitable. Pour empêcher les nouveaux venus d'avoir le pas sur lui, il combat en héros, il chicane en avocat, il souffre en malade ; il éclate en expressions douloureuses comme s'il était coudoyé par des laquais. C'est « la plus grande plaie que la patrie pût recevoir, et qui en devint la lèpre et le chancre. » Lorsqu'il apprend que d'Antin veut être pair, « à cette prostitution de la dignité », les bras lui tombent ; il s'écrie amèrement : « Le triomphe ne coûtera guère sur des victimes comme nous. » Quand il va faire visite chez le duc du Maine, bâtard parvenu, c'est parce qu'il est certain d'être perdu s'il y manque, ployé par l'exemple « des hommages arrachés à une cour esclave », le cœur brisé, à peine dompté et traîné par toute la volonté du roi jusqu'à « ce calice. » Le jour où le bâtard est dégradé est une « résurrection. » « Je me mourais de joie, j'en étais à craindre la défaillance. Mon cœur, dilaté à l'excès, n'avait plus d'espace pour s'étendre. Je triomphais, je me vengeais, je nageais dans ma vengeance. J'étais tenté de ne me plus soucier de rien. » Il est clair qu'un homme aussi mal pensant ne pouvait être employé. C'était un seigneur d'avant Richelieu, né cinquante ans trop tard, sourdement révolté et disgracié de naissance. Ne pouvant agir, il écrivit ; au lieu de combattre ouvertement de la main, il combattit secrètement de la plume. Il eût été mécontent et homme de ligue ; il fut mécontent et médisant.

Il choquait par ses mœurs comme par ses prétentions ; il y avait en lui toutes les oppositions, aristocratiques et morales ; s'il était pour la noblesse comme Boulainvillier, il était, comme Fénelon, contre la tyrannie. Le grand seigneur ne murmurait-pas plus que l'honnête homme ; avec la révolte du rang, on sentait en lui la révolte de la vertu. Dans ce voisinage de la régence, sous l'hypocrisie régnante et le libertinage naissant, il fut pieux, même dévot, et passa pour tel : c'était encore un legs de famille. « Madame sa mère, dit le Mercure, l'a fait particulièrement instruire des devoirs d'un bon chrétien. » Son père, pendant plusieurs années, allait tous les jours à la Trappe.

« Il m'y avait mené. Quoique enfant pour ainsi dire encore, M. de la Trappe eût pour moi des charmes qui m'attachèrent, et la sainteté du lieu m'enchanta. » Chaque année il y fit une retraite, parfois de plusieurs semaines ; il y prit beaucoup d'inclination pour les chrétiens sévères, pour les jansénistes, pour le duc de Beauvilliers, pour ses gendres. Il y prit aussi des scrupules ; lui si prompt à juger, si violent, si libre quand il faut railler « un cuistre violet », transpercer les jésuites ou démasquer la cour de Rome, il s'arrête au seuil de l'histoire, inquiet, n'osant avancer, craignant de blesser la charité chrétienne, ayant presque envie d'imiter les deux ducs « qu'elle tient enfermés dans une bouteille », s'autorisant du Saint-Esprit qui a daigné écrire l'histoire, à peu près comme Pascal qui justifiait ses ironies par l'exemple de Dieu. Cette piété un peu timorée contribua à le rendre honnête homme, et l'orgueil du rang confirma sa vertu. En respectant son titre, on se respecte ; les bassesses semblent une roture, et l'on se défend de la séduction des vices comme des empiétements des parvenus. Saint-Simon est un noble cœur, sincère, sans restrictions ni ménagements, implacable contre la bassesse, franc envers ses amis et ses ennemis, désespéré quand la nécessité extrême le force à quelque dissimulation ou à quelque condescendance, loyal, hardi pour le bien public, ayant toutes les délicatesses de l'honneur, véritablement épris de la vertu.

Plus austère, plus fier, plus roide que ses contemporains, un peu antique comme Tacite, on apercevait en lui, avec le défenseur de l'aristocratie brisée, l'interprète de la justice foulée, et, sous les ressentiments du passé, les menaces de l'avenir.

Comment un Tacite a-t-il subsisté à la cour ? Vingt fois pendant ces détails, involontairement je l'ai vu, en chaise de poste, sur la route de Blaye, avec un ordre du roi qui le renvoie dans ses terres. Il est resté pourtant ; sa femme fut dame d'honneur de la duchesse de Bourgogne ; il a eu maintes fois le bougeoir ; le roi l'a grondé parfois, majestueusement, « d'un vrai ton de père », mais ne l'a jamais foudroyé. Comptez d'abord son beau titre ; ses grandes amitiés, ses alliances, M. de Lorge, M. de Beauvilliers, le duc d'Orléans, le duc de Bourgogne. Mais le vrai paratonnerre fut son ambition, instruite par la vue des choses. Il voulait parvenir, et il savait comment on parvient. Quand il entra dans le monde, il trouva le roi demi-dieu. C'était au siége de Namur, en 1692 : quarante ans de gloire, point de revers encore ; les plus grands réduits, les trois Ordres empressés sous le despotisme. Il prit d'abord des impressions de respect et d'obéissance, et pour faire sa cour accepta et tenta tout ce qu'un homme fier, mais ambitieux, peut entreprendre et subir. Les cavaliers de la maison du roi, habitués aux distinctions, refusaient de prendre des sacs de grains en croupe. « J'acceptai ces sacs, parce que je sentis que cela ferait ma cour après tout le bruit qui s'était fait. » Soldat, il voulait bien obéir en soldat ; courtisan, il voulait bien parler en courtisan. Écoutez ce style :

« Je dis au roi que je n'avais pas pu vivre davantage dans sa disgrâce, sans me hasarder à chercher à apprendre par où j'y étais tombé… qu'ayant été quatre ans durant de tous les voyages de Marly, la privation m'en avait été une marque qui m'avait été très-sensible, et par la disgrâce et par la privation de ces temps longs de l'honneur de lui faire ma cour… que j'avais grand soin de ne parler mal de personne ; que pour Sa Majesté j'aimerais mieux être mort (en le regardant avec feu entre deux yeux). Je lui parlai aussi de la longue absence que j'avais faite, de douleur de me trouver mal avec lui, d'où je pris occasion de me répandre moins en respects qu'en choses affectueuses sur mon attachement à sa personne et mon désir de lui plaire en tout, que je poussai avec une sorte de familiarité et d'épanchement… Je le suppliai même de daigner me faire avertir s'il lui revenait quelque chose de moi qui pût lui déplaire, qu'il en saurait aussitôt la vérité, ou pour pardonner à mon ignorance, ou pour mon instruction, ou pour voir si je n'étais pas en faute. » On parlait au roi comme à un Dieu, comme à un père, comme à une maîtresse ; lorsqu'un homme d'esprit attrapait ce style, il était difficile de le renvoyer chez lui. Le roi sourit, salua, parut bienveillant ; Saint-Simon demeura à la cour, sans charge, au bon point de vue, ayant le loisir de tout écouter et de tout écrire, un peu disgracié, point trop disgracié, juste assez pour être historien.

Il l'était autant par nature que par fortune ; son tour d'esprit comme sa position le fit écrivain. Il était trop passionné pour être homme d'action. La pratique et la politique ne s'accommodent pas des élans impétueux ni des mouvements brusques ; au contraire, l'art en profite. La sensibilité violente est la moitié du génie ; pour arracher les hommes à leurs affaires, pour leur imposer ses douleurs et ses joies, il faut une surabondance de douleur et de joie.

Le papier est muet sous l'effort d'une passion vulgaire ; pour qu'il parle, il faut que l'artiste ait crié. Dès sa première action Saint-Simon se montre ardent et emporté. Le voilà amoureux du duc de Beauvilliers ; sur-le-champ il lui demande une de ses filles en mariage, n'importe laquelle ; c'est lui qu'il épouse. Le duc n'ose contraindre sa fille, qui veut être religieuse. Le jeune homme pousse en avant avec la verve d'un poëte qui conçoit un roman et sur-le-champ passe la nuit à l'écrire. Il attend le duc d'un air allumé de crainte et d'espérance. » Son désir l'enflamme ; en véritable artiste, il s'échauffe à l'œuvre. « Je ne pus me contenir de lui dire à l'oreille que je ne serais point heureux avec une autre qu'avec sa fille. » On lui oppose de nouvelles difficultés ; à l'instant un poëme d'arguments, de réfutations, d'expédients, pousse et végète dans sa tête ; il étourdit le duc « de la force de son raisonnement et de sa prodigieuse ardeur » ; c'est à peine si enfin, vaincu par l'impossible, il se déprend de son idée fixe. Balzac courait comme lui après des romans pratiques ou non pratiques. Cette invention violente et cet acharnement de désir sont la grande marque littéraire. Ajoutez-y la drôlerie comique et l'élan de jeunesse ; il y a telle phrase dans le procès des ducs qui court avec une prestesse de gamin. La mère de Saint-Simon ne voulait pas donner des lettres d'État, essentielles pour l'affaire. « Je l'interrompis et lui dis que c'était chose d'honneur, indispensable, promise, attendue sur-le-champ, et, sans attendre de réplique, pris la clef du cabinet, puis les lettres d'État, et cours encore. » Cependant le duc de Richelieu arrivait avec un lavement dans le ventre, fort pressé, comme on peut croire, « exorcisant » madame de Saint-Simon entre deux opérations et du plus vite qu'il put : voilà Molière et le malade imaginaire.

— Ces gaietés ne sont point le ton habituel ; la sensibilité exaltée n'est comique que par accès ; elle tourne vite au tragique : elle est naturellement effrénée et terrible. Saint-Simon a des fureurs de haine, des ricanements de vengeance ; des transports de joie, des folies d'amour, des abattements de douleur, des tressaillements d'horreur que nul, sauf Shakspeare, n'a surpassés. On le voit les yeux fixes et le corps frissonnant, lorsque, dans le suprême épuisement de la France, Desmarets établit l'impôt du dixième : « La capitation doublée et triplée à la volonté arbitraire des intendants des provinces, les marchandises, et les denrées de toute-espèce imposées en droit au quadruple de leur valeur, taxes d'aides et autres de toute nature et sur toutes sortes de choses : tout cela écrasait, nobles et roturiers, seigneurs et gens d'église, sans que ce qu'il en revenait au roi pût suffire, qui tirait le sang de ses sujets sans distinction, qui en exprimait jusqu'au pus. On compte pour rien la désolation de l'impôt même dans une multitude d'hommes de tous les états si prodigieuse, la combustion des familles par ces cruelles manifestations et par cette lampe portée sur leurs parties les plus honteuses. Moins d'un mois suffit à la pénétration de ces humains commissaires chargés de rendre leur compte de ce doux projet au Cyclope qui les en avait chargés. Il revit avec eux l'édit qu'ils en avaient dressé, tout hérissé de foudre contre les délinquants. Ainsi fut bâclée cette sanglante affaire, et immédiatement après signée, scellée, enregistrée parmi les sanglots suffoqués. » L'homme qui écrit ainsi palpite et frémit tout entier comme un prisonnier devant des cannibales ; le mot y est : « Bureau d'anthropophages. » Mais l'effet est plus sublime encore, quand le cri de la justice violentée est accru par la furieuse clameur de la souffrance personnelle.

L'impression que laisse sa vengeance contre Noailles est accablante ; il semble que lié et fixe, on sente crouler sur soi l'horrible poids d'une statue d'airain. Trahi, presque perdu par un mensonge, décrié auprès de toute la noblesse, il fit ferme, démentit l'homme publiquement « de la manière la plus diffamatoire et la plus démesurée », sans relâche, en toute circonstance, pendant douze ans. « Noailles souffrit tout en coupable écrasé sous le poids de son crime. Les insultes publiques qu'il essuya de moi sans nombre ne le rebutèrent pas. Il ne se lassa jamais de s'arrêter devant moi chez le régent, en entrant et sortant du conseil de régence, avec une révérence extrêmement marquée, ni moi de passer droit sans le saluer jamais, et quelquefois détourner la tête avec insulte. Et il est très-souvent arrivé que je lui ai fait des sorties chez M. le duc d'Orléans et au conseil de régence, dès que j'y trouvais le moindre jour, dont le ton, les termes et les manières effrayaient l'assistance, sans qu'il répondît jamais un seul mot ; mais il rougissait, il pâlissait et n'osait se commettre à une nouvelle reprise. Cela en vint au point qu'un jour, au sortir d'un conseil où, après l'avoir forcé de rapporter une affaire que je savais qu'il affectionnait, et sur laquelle je l'entrepris sans mesure et le fis tondre, je lui dictais l'arrêt tout de suite, et le lisais après qu'il l'eut écrit, en lui montrant avec hauteur et dérision ma défiance et à tout le conseil ; il se leva, jeta son tabouret à dix pas, et lui qui en place n'avait osé répondre un seul mot que de l'affaire même avec l'air le plus embarrassé et le plus respectueux : Mort… dit-il, « il n'y a plus moyen d'y durer ! » s'en alla chez lui, d'où ses plaintes me revinrent, et la fièvre lui en prit. »

La douzième année, après un an de supplications, Saint-Simon forcé par ses amis, plia, mais « comme, un homme qui va au supplice », et consentit par grâce à traiter Noailles en indifférent. Cette franchise et cette longueur de haine marquent la force du ressort. Ce ressort se débanda plus encore le jour de la dégradation des bâtards, là où l'homme d'action se contient, l'artiste s'abandonne ; on voit ici l'impudeur de la passion épanchée hors de toute digue, si débordée qu'elle engloutit le reste de l'homme, et qu'on y sent l'infini comme dans une mer. « Je l'accablai à cent reprises dans la séance de mes regards assénés et forlongés avec persévérance. L'insulte, le mépris, le dédain, le triomphe lui furent lancés de mes yeux jusqu'en ses moelles. Souvent il baissait la vue, quand il attrapait mes regards ; une fois ou deux, il fixa le sien sur moi, et je me plus à l'outrager par des sourires dérobés, mais noirs qui achevèrent de le confondre. Je me baignais dans sa rage, et je me délectais à le lui faire sentir. » Un pareil homme ne devait pas faire fortune. Pouvait-il être toujours maître de lui sous Louis XIV ? Il l'a cru ; il se trompait ; ses regards, le pli de ses lèvres, le tremblement de ses mains, tout en lui criait tout haut son amour ou sa haine ; les yeux les moins clairvoyants le perçaient. Il s'échappait ; au fort de l'action, l'ouragan intérieur l'emportait ; on avait peur de lui ; personne ne se souciait de manier une tempête. Il n'était chez lui et dans son domaine que le soir, les verrous tirés, seul, sous sa lampe, libre avec le papier, assez refroidi par le demi-oubli et par l'absence pour noter ses sensations.

Non-seulement il en avait de trop vives, mais encore il en avait trop. Leur nombre aussi bien que leur force lui défendaient la vie pratique et lui imposaient la vie littéraire. Tant d'idées gênent. Le politique n'en voit qu'une qui est la vraie ; il a le tact juste, plutôt que l'imagination abondante ; d'instinct, il devine la bonne route, et la suit sans plus chercher. Saint-Simon est un poëte épique ; le pour, le contre, les partis mitoyens, l'inextricable entrelacement et les prolongations infinies des conséquences, il a tout embrassé, mesuré, sondé, prévu, discuté ; le plan exact du labyrinthe est tout entier dans sa tête, sans que le moindre petit sentier réel ou imaginaire ait échappé à sa vision. Ne vous souvient-il pas que Balzac avait inventé des théories chimiques, une réforme de l'administration, une doctrine philosophique, une explication de l'autre monde, trois cents manières de faire fortune, les ananas à quinze sous pièce, et la manière de gouverner l'État ? Le génie de l'artiste consiste à découvrir vite, aisément et sans cesse, non ce qui est applicable, mais ce qui est vraisemblable. Ainsi fait Saint-Simon ; à chaque volume il trouve le moyen de sauver l'État. Ses amis, Fénelon, le duc de Bourgogne, à huis clos, les domestiques dehors, refaisaient comme lui le royaume. Ils fabriquaient des Salente et autres bonnes petites monarchies bien absolues, ayant pour frein l'honnêteté du roi et l'enfer au bout. C'était une école de « chimériques. » Saint-Simon fonda aussi (sur le papier) sa république ; il limitait la monarchie en déclarant les engagements du roi viagers, sans force pour lier le successeur. À son avis cette déclaration réparait tout ; quatre ou cinq pages de conséquences étalent à flots pressés le magnifique torrent de bénédictions et de félicités qui vont couler sur la nation ; un bout de parchemin délivrait le peuple et relevait la monarchie ; rien n'était oublié, sinon cet autre bout de parchemin inévitable, publié par tout roi, huit jours après le premier, annulant le premier comme attentatoire aux droits de la couronne.

C'est que nulle force ne se limite d'elle-même : son invincible effort est de s'accroître, non de se restreindre ; limitons-la, mais par une force différente ; ce qui pouvait réprimer la royauté, ce n'était pas la royauté, mais la nation. Saint-Simon ne fut qu'un homme « plein de vues », c'est-à-dire romanesque comme Fénelon, quoique préservé des pastorales. Mais cette richesse d'invention systématique, dangereuse en politique, est utile en littérature ; Saint-Simon entraîne, quoi qu'on en ait ; il nous maîtrise et nous possède. Je ne connais rien de plus éloquent que les trois entretiens qu'il eut avec le duc d'Orléans pour lui faire renvoyer sa maîtresse. Nulle part on n'a vu une telle force, une telle abondance de raisons si hardies, si frappantes, si bien accompagnées de détails précis et de preuves ; tous les intérêts, toutes les passions appelées au secours, l'ambition, l'honneur, le respect de l'opinion publique, le soin de ses amis, l'intérêt de l'État, la crainte ; toutes les objections renversées, tous les expédients trouvés, appliqués, ajustés ; une inondation d'évidence et d'éloquence qui terrasse la résistance, qui noie les doutes, qui verse à flots dans le cœur la lumière et la croyance ; par-dessus tout une impétuosité généreuse, un emportement d'amitié qui fait tout « mollir et ployer sous le faix de la véhémence » ; une licence d'expressions qui, en face d'un prince du sang, se déchaîne jusqu'aux insultes, « personne ne pouvant plus souffrir dans un petit-fils de France de trente-cinq ans ce que le magistrat et la police eussent châtié il y a longtemps dans tout autre » ; étant certain « que le dénûment et la saleté de sa vie le feraient tomber plus bas que ces seigneurs péris sous les ruines de leur obscurité débordée ; que c'était à lui, dont les deux mains touchaient à ces deux si différents états, d'en choisir un pour toute sa vie, puisque après avoir perdu tant d'années et nouvellement depuis l'affaire d'Espagne, meule nouvelle qui l'avait nouvellement suraccablé, un dernier affaissement aurait scellé la pierre du sépulcre où il se serait enfermé tout vivant, duquel après nul secours humain, ni sien ni de personne, ne le pourrait tirer. »

Le duc d'Orléans fut emporté par ce torrent et céda. Nous plions comme lui ; nous comprenons qu'une pareille âme avait besoin de s'épancher. Faute de place dans le monde, il en prit une dans les lettres. Comme un lustre flamboyant, chargé et encombré de lumières, mais exclu de la grande salle de spectacle, il brûla en secret dans sa chambre, et après cent cinquante ans, il éblouit encore. C'est qu'il a trouvé sa vraie place ; cet esprit qui regorgeait de sensations et d'idées était né curieux, passionné pour l'histoire, affamé d'observations, « perçant de ses regards clandestins chaque physionomie », psychologue d'instinct, « ayant si fort imprimé en lui les différentes cabales, leurs subdivisions, leurs replis, leurs divers personnages et leurs degrés, la connaissance de leurs chemins, de leurs ressorts, de leurs divers intérêts, que la méditation de plusieurs jours ne lui eût pas développé et représenté toutes ces choses plus nettement que le premier aspect de tous les visages. » « Cette promptitude des yeux à voler partout en sondant les âmes » prouve qu'il aima l'histoire pour l'histoire. Sa faveur et sa disgrâce, son éducation et son naturel, ses qualités et ses défauts l'y avaient porté. Ainsi naissent les grands hommes, par hasard et nécessité, comme les grands fleuves, quand les accidents du sol et sa pente réunissent en un lit tous ses ruisseaux.

IV – L'ÉCRIVAIN.

Au XVIIe siècle, les artistes écrivaient en hommes du monde ; Saint-Simon, homme du monde, écrivit en artiste. C'est là son trait. Le public court à lui comme au plus intéressant des historiens.

Ce talent consiste d'abord dans la vue exacte et entière des objets absents. Les poëtes du temps les voyaient par une notion vague et les disaient par une phrase générale. Saint-Simon se figure le détail précis, les angles des formes, la nuance des couleurs, et il les note avec une netteté de peintre ou de géomètre ; je cite tout de suite, pour être précis et l'imiter ; il s'agit de la Vauguyon, demi-fou, qui un jour accula madame Pelot contre la cheminée, lui mit la tête en ses deux poings, et voulut la mettre en compote. « Voilà une femme bien effrayée qui, entre ses deux poings, lui faisait des révérences perpendiculaires et des compliments tant qu'elle pouvait, et lui toujours en furie et en menace. » Legendre n'eût pas mieux dit. Chose inouïe dans ce siècle, il imagine le physique, comme Victor Hugo ; sans métaphore, ses portraits sont des portraits : « Harlay était un petit homme, vigoureux et maigre, un visage en losange, un nez grand et aquilin, des yeux beaux, parlants, perçants, qui ne regardaient qu'à la dérobée, mais qui, fixés sur un client ou sur un magistrat, étaient pour le faire rentrer en terre ; un habit peu ample, un rabat presque d'ecclésiastique, et des manchettes plates comme eux, une perruque fort brune et fort mêlée de blanc, touffue mais courte, avec une grande calotte par-dessus. Il se tenait et marchait un peu courbé, avec un faux air plus humble que modeste, et rasait toujours les murailles pour se faire faire place avec plus de bruit, et n'avançait qu'à force de révérences respectueuses, et comme honteuses, à droite et à gauche à Versailles. »

Voilà une des raisons qui rendent aujourd'hui Saint-Simon si populaire ; il décrit l'extérieur, comme Walter Scott, Balzac et tous les romanciers contemporains, lesquels sont volontiers antiquaires, commissaires-priseurs et marchandes à la toilette ; son talent et notre goût se rencontrent ; les révolutions de l'esprit nous ont portés jusqu'à lui.

— Il voit aussi distinctement le moral que le physique, et il le peint parce qu'il le distingue. Tout le monde sait que le défaut de nos poëtes classiques est de mettre en scène non des hommes, mais des idées générales ; leurs personnages sont des passions abstraites qui marchent et dissertent. Vous diriez des vices et des vertus échappés de l'Éthique d'Aristote, habillés d'une robe grecque ou romaine, et occupés à s'analyser et à se réfuter. Saint-Simon connaît l'individu ; il le marque par ses traits spéciaux, par ses particularités, par ses différences ; son personnage n'est point le jaloux ou le brutal, c'est un certain jaloux ou un certain brutal ; il y a trois ou quatre mille coquins chez lui dont pas un ne ressemble à l'autre. Nous n'imaginons les objets que par ces précisions et ces contrastes ; il faut marquer les qualités distinctives pour rendre les gens visibles ; notre esprit est une toile unie où les choses n'apparaissent qu'en s'appropriant une forme arrêtée et un contour personnel. Voilà pourquoi ce portrait de l'abbé Dubois est un chef-d'œuvre. « C'était un petit homme maigre, effilé, chafouin, à perruque blonde, à mine de fouine, à physionomie d'esprit, qui était en plein ce qu'un mauvais français appelle un sacre, mais qui ne se peut guère exprimer autrement. Tous les vices combattaient en lui à qui en demeurerait le maître. Ils y faisaient un bruit et un combat continuel entre eux.

L'avarice, la débauche, l'ambition étaient ses dieux ; la perfidie, la flatterie, les servages, les moyens ; l'impiété parfaite, son repos. Il excellait en basses intrigues, il en vivait, il ne pouvait s'en passer, mais toujours avec un but où toutes ses démarches tendaient, avec une patience qui n'avait de terme que le succès ou la démonstration réitérée de n'y pouvoir arriver, à moins que cheminant ainsi dans la profondeur et les ténèbres, il ne vît jour à mieux en ouvrant un autre boyau. Il passait sa vie dans les sapes. » Ne voyez-vous pas la bête souterraine, furet furieux, échauffé par le sang qu'il suce, sifflant et jurant au fond des terriers qu'il sonde ? « La fougue lui faisait faire quelquefois le tour entier et redoublé d'une chambre courant sur les tables et les chaises sans toucher du pied la terre. » Il vécut et mourut dans les rages et les blasphèmes, « grinçant des dents », écumant, « les yeux hors de la tête », avec une telle tempête et si continue d'ordures et d'injures qu'on ne comprenait pas comment des nerfs d'homme y pouvaient résister ; le sang fiévreux de l'animal de proie s'allumait pour ne plus s'éteindre, et par des redoublements exaspérés s'acharnait après le butin. Il y a là une observation pour le physiologiste, il y en a une pour le peintre, pour l'homme du monde, pour le psychologue, pour l'auteur dramatique, pour le premier venu. Le génie suffit à tout et fournit à tout ; la vision de l'artiste est si complète que son œuvre offre des matériaux aux gens de tout métier, de toute vie et de toute science. Âme et esprit et caractère, intérieur et dehors, gestes et vêtements, passé et présent, Saint-Simon voit tout et fait tout voir. En rassemblant toutes les littératures, vous ne trouveriez guère que trois ou quatre imaginations aussi compréhensives et aussi nettes que celle-là.

Avec la faculté de voir les objets absents, il a la verve ; il ne dit rien sans passion.

Balzac, aussi profond et aussi puissant visionnaire que lui, n'était qu'un écrivain lent, constructeur minutieux de bâtisses énormes, sorte d'éléphant littéraire, capable de porter des masses prodigieuses, mais d'un pas lourd. Saint-Simon a des ailes. Il écrit avec emportement, d'un élan, suivant à peine le torrent de ses idées par toute la précipitation de sa plume, si prompt à la haine, si vite enfoncé dans la joie, si subitement exalté par l'enthousiasme ou la tendresse, qu'on croit en le lisant vivre un mois en une heure. Cette impétueuse passion est la grande force des artistes ; du premier coup, ils ébranlent ; le cœur conquis, la raison et toutes les facultés sont esclaves. Quand un homme nous donne des sensations, nous ne le quittons plus. Quand un homme nous met le feu au cerveau, nous nous sentons presque du génie sous la contagion de sa verve ; par la chaleur notre esprit arrive à la lumière ; l'émotion l'agrandit et l'instruit. Quand on a lu Saint-Simon, toute histoire paraît décolorée et froide. Il n'est pas d'affaire qu'il n'anime, ni d'objet qu'il ne rende visible. Il n'est point de personnage qu'il ne fasse vivre, ni de lecteur qu'il ne fasse penser.

Cette passion ôte au style toute pudeur. Modération, bon goût littéraire, éloquence, noblesse, tout est emporté et noyé. Il note les émotions comme elles viennent, violemment, puisqu'elles sont violentes, et que, l'occupant tout entier, elles lui bouchent les oreilles contre les réclamations du bon style et du discours régulier. La cuisine, l'écurie, le garde-manger, la maçonnerie, la ménagerie, les mauvais lieux, il prend des expressions partout. Il est crû, trivial et pétrit ses figures en pleine boue. Tout en restant grand seigneur, il est peuple ; sa superbe unit tout ; que les bourgeois épurent leur style, prudemment, en gens soumis à l'Académie, il traîne le sien dans le ruisseau en homme qui méprise son habit et se croit au-dessus des taches.

Un jour, impatienté, il dit de deux évêques : « Ces deux animaux mitrés. » Quand la Choin entra en faveur, « M. de Luxembourg, qui avait le nez fin, l'écuma », et pour Clermont, son amant, « il se fit honneur de le ramasser. » Ailleurs, il « s'espace » sur Dangeau, « singe du roi, chamarré de ridicules, avec une fadeur naturelle, entée sur la bassesse du courtisan, et recrépie de l'orgueil du seigneur postiche. » Un peu plus haut, il s'agit de Monaco, « souveraineté d'une roche, de laquelle on peut pour ainsi dire cracher hors de ses étroites limites. » Ces familiarités annoncent l'artiste qui se moque de tout quand il faut peindre, et fait litière des bienséances sous son talent. Saint-Simon a besoin de mots vils pour avilir ; il en prend. Son chien, son laquais, son soulier, sa marmite, sa garde-robe, son fumier, il fait sauter tout pêle-mêle et retire de ce bourbier l'objet qui peut figurer à nos yeux son personnage, nous le rendre aussi présent, aussi tangible, aussi maniable que notre robe de chambre et notre pelle à feu. Il y a tel passage où l'on voit un sculpteur qui tripote dans sa glaise, les manches retroussées jusqu'au coude, pétrissant en pleine pâte, obsédé par son idée, précipitant ses mains pour la transporter dans l'argile. « Madame de Castries était un quart de femme, une espèce de biscuit manqué, extrêmement petite, mais bien prise, et aurait passé par un médiocre anneau ; ni derrière, ni gorge, ni menton ; fort laide, l'air toujours en peine et étonné ; avec cela une physionomie qui éclatait d'esprit et qui tenait encore plus parole. » Il les palpe, il les retourne, il porte les mains partout, avec irrévérence, fougueux et rude. Rien de tout cela n'étonne quand on se souvient qu'après la condamnation de Fénelon, un jour, disputant avec le duc de Charost sur Fénelon et Rancé, il cria : « Au moins mon héros n'est pas un repris de justice. » M. de Charost suffoquait.

On lui versa des carafes d'eau sur la tête, et pendant ce temps les dames semonçaient Saint-Simon. C'est à ce prix qu'est le génie ; uniquement et totalement englouti dans l'idée qui l'absorbe, il perd de vue la mesure, la décence et le respect.

Il y gagne la force ; car il y prend le droit d'aller jusqu'au bout de sa sensation, d'égaler les mouvements de son style aux mouvements de son cœur, de ne ménager rien, de risquer tout. De là cette peinture de la cour après la mort de Monseigneur, tableau d'agonie physique, sorte de comédie horrible, farce funèbre, où nous contemplons en face la grimace de la Vérité et de la Mort. Les passions viles s'y étalent jusqu'à l'extrême ; du premier mot on y aperçoit tout l'homme ; ce n'est pas le mort que l'on pleure, c'est un pot-au-feu perdu. « Une foule d'officiers de Monseigneur se jetèrent à genoux tout du long de la cour, des deux côtés sur le passage du roi, lui criant avec des hurlements étranges d'avoir compassion d'eux qui avaient tout perdu et qui mouraient de faim. » Doré seul rendrait cette scène et ces deux files de mendiants galonnés, agenouillés avec des flambeaux, criant après leur marmite. Dans les salles trottent les valets envoyés par les gens de la cabale contraire, qui questionnent d'un œil étincelant et hument dans l'air la bonne nouvelle. « Plus avant commençait la foule des courtisans de toute espèce. Le plus grand nombre, c'est-à-dire les sots, tiraient des soupirs de leurs talons, et avec des yeux égarés et secs louaient Monseigneur, mais toujours de la même louange, c'est-à-dire de bonté, et plaignaient le roi de la perte d'un si bon fils. Les plus politiques, les yeux fichés en terre et reclus dans des coins, méditaient profondément aux suites d'un événement aussi peu attendu, et bien davantage sur eux-mêmes. »

Le duc de Berry, qui perdait tout et d'avance se sentait plié sous son frère, s'abandonnait. « Il versait des larmes pour ainsi dire sanglantes, tant l'amertume en paraissait grande ; il poussait non des sanglots, mais des cris, mais des hurlements. Il se taisait parfois ; mais de suffocations, puis éclatait, mais avec un tel bruit, et un bruit si fort, la trompette forcée du désespoir, que la plupart éclataient aussi à ces redoublements si douloureux, ou par un aiguillon d'amertume, ou par un aiguillon de bienséance. » Un peu plus loin, la duchesse de Bourgogne profitait « de quelques larmes amenées du spectacle, entretenues avec soin », pour rougir et barbouiller ses yeux d'héritière. Survint l'Allemande, cérémonieuse et violente, Madame, qui outra tout et barbota à travers les bienséances, « rhabillée en grand habit, hurlante, ne sachant bonnement pourquoi ni l'un ni l'autre, et les inonda tous de ses larmes en les embrassant. » Dans les coins du tableau, on voit les dames en déshabillé de nuit, par terre, autour du canapé des princes, les unes en « tas », d'autres approchant du lit, et trouvant le bras nu d'un bon gros Suisse qui bâille de tout son cœur et se renfonce sous les couvertures, fort tranquille, cuvant son vin, et doucement bercé par ce tintamarre de l'hypocrisie et de l'égoïsme. Voilà la mort telle qu'elle est, pleurée par l'intérêt et par le mensonge, raillée et coudoyée par des contrastes amers, entrecoupée de rires, ayant pour vraies funérailles le hoquet convulsif de quelques douleurs débordées, accusant l'homme ou de faiblesse ou de feinte, ou d'avarice, traînée au cimetière parmi des calculs qui ne savent se cacher, ou des « mugissements » qui ne savent se contenir.

Cette crudité de style et cette violence de vérité ne sont que les effets de la passion ; voici la passion pure :

Prenez l'affaire la plus mince, une querelle de préséance, une picoterie, une question de pliant et de fauteuil, tout au plus digne de la comtesse d'Escarbagnas : elle s'agrandit, elle devient un monstre, elle prend tout le cœur et l'esprit ; on y voit le suprême bonheur de toute une vie, la joie délicieuse avalée à longs traits et savourée jusqu'au fond de la coupe, le superbe triomphe, digne objet des efforts les plus soutenus, les mieux combinés et les plus grands ; on pense assister à quelque victoire romaine, signalée par l'anéantissement d'un peuple entier, et il s'agit tout simplement d'une mortification infligée à un Parlement et à un président. « Le scélérat tremblait en prononçant la remontrance. Sa voix entrecoupée, la contrainte de ses yeux, le saisissement et le trouble visible de toute sa personne démentaient le reste de venin dont il ne put refuser la libation à lui-même et à sa compagnie. Ce fut là où je savourai, avec toutes les délices qu'on ne peut exprimer, le spectacle de ces fiers légistes (qui osent nous refuser le salut) prosternés à genoux et rendant à nos pieds un hommage au trône, tandis que nous étant assis et couverts, sur les hauts siéges, aux côtés du même trône, ces situations et ces postures, si grandement disproportionnées, plaident seules avec tout le perçant de l'évidence la cause de ceux qui véritablement et d'effet sont laterales regis contre ce vas electum du tiers état. Mes yeux fichés, collés sur ces bourgeois superbes, parcouraient tout ce grand banc à genoux, ou debout, et les amples replis de ces fourrures ondoyantes à chaque génuflexion longue et redoublée, qui ne finissait que par le commandement du roi par la bouche du garde des sceaux ; vil petit-gris qui voudrait contrefaire l'hermine en peinture, et ces têtes découvertes et humiliées à la hauteur de nos pieds. » Qui songe à rire de ces pédanteries latines et de ces détails de costumier ?

L'artiste est une machine électrique chargée de foudres, qui illumine et couvre toute laideur et toute mesquinerie sous le pétillement de ses éclairs ; sa grandeur consiste dans la grandeur de sa charge ; plus ses nerfs peuvent porter, plus il peut faire ; sa capacité de douleur et de joie mesure le degré de sa force. La misère des sciences morales est de ne pouvoir noter ce degré ; la critique, pour définir Saint-Simon, n'a que des adjectifs vagues et des louanges banales ; je ne puis dire combien il sent et combien il souffre ; pour toute échelle, j'ai des exemples et j'en use. Lisez encore celui-ci ; je ne sais rien d'égal. Il s'agit de la conduite du duc de Bourgogne après la mort de sa femme. Quiconque a la moindre habitude du style y sent non-seulement un cœur brisé, une âme suffoquée sous l'inondation d'un désespoir sans issue, mais le roidissement des muscles crispés et l'agonie de la machine physique qui, sans s'affaisser, meurt debout : « La douleur de sa perte pénétra jusque dans ses plus intimes moelles. La piété y surnagea par les plus prodigieux efforts. Le sacrifice fut entier, mais il fut sanglant. Dans cette terrible affliction, rien de bas, rien de petit, rien d'indécent. On voyait un homme hors de soi, qui s'extorquait une surface unie, et qui y succombait. »

Ce genre d'esprit s'est déployé en Saint-Simon seul et sans frein ; de là son style, « emporté par la matière, peu attentif à la manière de la rendre, sinon pour la bien expliquer. » Il n'était point homme d'Académie, discoureur régulier, ayant son renom de docte écrivain à défendre. Il écrivait seul, en secret, avec la ferme résolution de n'être point lu tant qu'il vivrait, n'étant guidé ni par le respect de l'opinion, ni par le désir de la gloire viagère. Il n'écrivait pas sur des sujets d'imagination, lesquels dépendent du goût régnant, mais sur des choses personnelles et intimes, uniquement occupé à conserver ses souvenirs et à se faire plaisir. Toutes ces causes le livrèrent à lui-même.

Il violenta le français à faire frémir ses contemporains, s'ils l'eussent lu ; et aujourd'hui encore il effarouche la moitié des lecteurs. Ces étrangetés et ces abandons sont naturels, presque nécessaires ; seuls ils peignent l'état d'esprit qui les produit. Il n'y a que des métaphores furieuses capables d'exprimer l'excès de la tension nerveuse ; il n'y a que des phrases disloquées capables d'exprimer les soubresauts de la verve inventive. Quand il peint les liaisons de Fénelon et de madame Guyon, en disant que « leur sublime s'amalgama », cette courte image, empruntée à la singularité et à la violence des affinités chimiques est un éclair ; quand il montre les courtisans joyeux de la mort de Monseigneur, « un je ne sais quoi de plus libre en toute la personne, à travers le soin de se tenir et de se composer, un vif, une sorte d'étincelant autour d'eux qui les distinguait malgré qu'ils en eussent », cette expression folle est le cri d'une sensation ; s'il eût mis « un air vif, des regards étincelants », il eût effacé toute la vérité de son image ; dans sa fougue, le personnage entier lui semble pétillant, entouré par la joie d'une sorte d'auréole. Nul ne voit plus vite et plus d'objets à la fois ; c'est pourquoi son style a des raccourcis passionnés, des métaphores à l'instant traversées par d'autres, des idées explicatives attachées en appendice à la phrase principale, étranglées par le peu d'espace, et emportées avec le reste comme par un tourbillon. Ici cinq ou six personnages sont tracés à la volée, chacun par un trait unique. « L'après-dînée nous nous assemblâmes ; M. de Guéménée rêva à la Suisse, à son ordinaire, M. de Lesdiguières, tout neuf encore, écoutait fort étonné ; M. de Chaulnes raisonnait en ambassadeur avec le froid et l'accablement d'un courage étouffé par la douleur de son échange dont il ne put jamais revenir.

Le duc de Béthune bavardait des misères, et le duc d'Estrées grommelait en grimaçant sans qu'il en sortît rien. » Ailleurs, les mots entassés et l'harmonie imitative impriment dans le lecteur la sensation du personnage.

« Harlay aux écoutes tremblait à chaque ordinaire de Bretagne, et respirait jusqu'au suivant. » La phrase file comme un homme qui glisse et vole effaré sur la pointe du pied.

— Plus loin le style lyrique monte à ses plus hautes figures pour égaler la force des impressions. « La mesure et toute espèce de décence et de bienséance étaient chez elle dans leur centre, et la plus exquise superbe sur son trône. » Cette même phrase, qu'il a cassée à demi, montre, par ses deux commencements différents, l'ordre habituel de ses pensées. Il débute, une autre idée jaillit, les deux jets se croisent, il ne les sépare pas et les laisse couler dans le même canal. De là ces phrases décousues, ces entrelacements, ces idées fichées en travers et faisant saillie, ce style épineux tout hérissé d'additions inattendues, sorte de fourré inculte où les sèches idées abstraites et les riches métaphores florissantes s'entrecroisent, s'entassent, s'étouffent, et étouffent le lecteur. Ajoutez des expressions vieillies, populaires, de circonstance ou de mode ; le vocabulaire fouillé jusqu'au fond, les mots pris partout, pourvu qu'ils suffisent à l'émotion présente, et par-dessus tout une opulence d'images passionnées digne d'un poëte. Ce style bizarre, excessif, incohérent, surchargé, est celui de la nature elle-même ; nul n'est plus utile pour l'histoire de l'âme ; il est la notation littéraire et spontanée des sensations.

Un historien secret, un géomètre malade, un bonhomme rêveur, traité comme tel, voilà les trois artistes du XVIIe siècle.

Ils faisaient rareté et un peu scandale. La Fontaine, le plus heureux, fut le plus parfait ; Pascal, chrétien et philosophe, est le plus élevé ; Saint-Simon, tout livré à sa verve, est le plus puissant et le plus vrai.

ANNOTATIONS INÉDITES DE SAINT-SIMON AU JOURNAL DE DANGEAU.

Voici, pour commencer, une anecdote assez curieuse sur le président de Bauquemare et son frère, gouverneur de Bergues[4] :

« Ces deux frères jumeaux, et semblables en tout à s'y méprendre, avoient une telle sympathie, que le président étant un matin à l'audience sentit tout à coup une grande douleur à la cuisse ; on sut après qu'au même instant son frère qui étoit à l'armée avoit reçu un grand coup d'épée au même endroit et du même côté où son frère avoit senti cette douleur1. Le président avoit une femme extrêmement du monde de Paris, et joueuse à outrance, qui vivoit très-bien d'ailleurs avec lui, logeant et mangeant ensemble, mais qui n'avoit voulu jamais porter son nom, et qui s'appeloit la présidente d'Onsenbray, sans aucune autre raison que sa fantaisie. La bonne compagnie de la ville alloit fort chez elle. Elle est morte à quatre-vingt-huit ou quatre-vingt-dix ans, dans une santé et une gaieté entière jusqu'à sa dernière maladie de pure vieillesse, perçant (sic) les jours et plus encore les nuits au jeu jusqu'à la fin. »

Le Mercure de fév. 1697 cite aussi cette anecdote.

— « Le baron de Breteuil étoit frère de Breteuil, conseiller d'État, intendant des finances, père de celui qui a été secrétaire d'État de la

4 Ces extraits ont déjà été publiés par l'Athenœum français, aux mois de mai et de juillet de cette année. Le beau travail que M. Taine a bien voulu nous autoriser à reproduire a été inséré au mois d'août 1836, dans le Journal des Débats.

guerre pendant la disgrâce de M. le Blanc. Sa baronnie étoit d'être né à Toulouse pendant que son père y était intendant et la vieille chimère que ceux qui y naissent ont le titre de barons ; il avoit été ordinaire du roi et envoyé à Mantoue.

C'étoit un homme à qui le goût de la cour, des seigneurs et surtout des ministres avoit donné une sorte de science du monde par un usage continuel et la familiarité qu'il y avoit usurpée. Il se fit après lecteur du roi pour avoir les entrées, et s'attacha comme il put à quelques gens considérables ; le roi le traitoit assez bien, et il se fourroit partout ; et souvent où l'on n'en vouloit point, ou sans s'en apercevoir, ou sans en faire semblant. Il changea sa charge de lecteur, dont il conserva les entrées, contre celle d'introducteur des ambassadeurs, qu'il faisoit bien parce qu'il étoit fort rompu au monde, et s'enrichit extrêmement par la protection de M. de Pontchartrain, tandis qu'il eut les finances, qui se moquoit de lui toute la journée et tout ce qui étoit chez lui, mais qui ne lui refusoit rien. Le ver de la qualité le rongeoit sans pourtant se déplacer, et il mourut fort vieux et fort riche. Ses enfants n'ont ni paru ni prospéré. Il avoit marié sa fille à un homme de la maison du Châtelet. Il y a des contes de lui sans fin. Un jour à table chez M. de Pontchartrain, devenu chancelier, qu'on le plaisantoit sur son ignorance, la chancelière lui demanda s'il savoit qui avoit fait le Pater ; le voilà à se scandaliser et à demander pour qui on le prenoit, et la chancelière à pousser sa pointe. Pendant le débat il sortit de table, et en rentrant dans la pièce où l'on se tenoit, son ami, M. de Caumartin, se mit à marcher derrière lui, et, comme pour le soulager dans son embarras, lui dit tout bas : « Moïse. » Voilà le baron bien soulagé, qui dès que la compagnie fut rentrée remet la question sur le tapis, et après plusieurs gentillesses d'un homme sûr de son fait et qui fait semblant de ne l'être pas, dit à la fin, puisqu'on le poussoit à bout, qu'il falloit donc montrer qu'il n'ignoroit pas ce que les enfants savoient, que Moïse étoit l'auteur du Pater.

La risée universelle le mit bien en un autre état, mais il avoit tous les jours besoin de Caumartin aux finances, et sa cruauté fut aisément tournée en plaisanterie. »

— « Santeuil n'étoit point fait pour Saint-Victor. Il étoit poëte en tout, capricieux, plaisant, hardi, plein de sel, amoureux de la liberté, aimant le vin et la bonne chère, mais très-sage sur les femmes. On feroit un volume des contes qu'il a fournis, tous plus singuliers et plus divertissants les uns que les autres ; toutes les belles-lettres possibles, une mémoire prodigieuse, une facilité à faire les plus beaux vers latins qui n'étoit donnée à personne, et parmi tout cela un fond de religion ; désiré dans toutes les meilleures compagnies dont il faisoit tout l'ornement des unes et des autres tout le plaisir. Il amusoit extrêmement M. le prince, qui avoit beaucoup de lettres et qui aimoit ses caprices, et M. le duc aimoit aussi à le voir. Il le mena à Dijon, où il alloit tenir les états, où un soir, après s'être échauffés de propos et de vin, Santeuil en prit un grand verre à la main, M. le duc trouva plaisant de verser dedans sa tabatière de tabac d'Espagne ; le malheureux l'avala, et en creva fort tôt après. »

— « Le couvent de Moret est une énigme qui n'est pas encore mise au net. C'est un petit couvent borgne où étoit professe une Moresse inconnue à tout le monde ; hors à Bontemps, premier valet de chambre du roi et gouverneur de Versailles, par qui les choses de secret domestique passoient de tout temps. Il avoit payé une dot qui ne se disoit point, payoit exactement une grosse pension, avoit soin de plus que rien de nécessaire ne manquât à cette Moresse, ni rien même de ce que l'abondance d'une religieuse peut désirer. Madame de Maintenon y alloit très-souvent de Fontainebleau et prenoit soin du bien-être du couvent, où la feue reine alloit souvent, et donnoit ou procuroit beaucoup. Ni elle ni madame de Maintenon après elle, ne montroient pas un soin direct de la Moresse et ne la voyaient pas exactement toutes les fois qu'ils alloient à ce couvent ; mais ils l'y voyoient souvent, avoient une attention fort grande à sa conduite et à celle que les supérieures avoient avec elle, et la Moresse étoit là avec plus de considération et de soins que la personne la plus connue et la plus distinguée. Monseigneur y a été une fois ou deux, et les princes ses enfants, et l'ont demandée, et elle-même se prévaloit fort du mystère de ce qu'elle étoit, joint aux soins qu'on prenoit d'elle. Beaucoup de gens ont cru qu'elle étoit fille du roi et de la reine, que sa couleur avoit fait cacher et passer sa couche pour une fausse couche, et quoiqu'elle vécût là régulièrement, on s'apercevoit bien en elle d'une vocation aidée. »

— « M. d'Aubigné étoit chevalier de l'ordre et gouverneur du Berry, et n'avoit qu'une fille unique que madame de Maintenon élevoit ; son frère lui pesoit étrangement par les extravagances de sa conduite avec des filles et compagnie à l'avenant, à son âge, et par celles de ses propos. Il parloit volontiers des temps passés, disoit volontiers le beau-frère, parlant du roi devant tout le monde, et surtout faisoit à madame de Maintenon des sorties épouvantables sur ce qu'il n'étoit pas duc et pair, et au moins maréchal de France, bien qu'il n'eût jamais été que capitaine d'infanterie. Sa femme, fille d'un médecin, piètre en son nom et fort sotte aussi en son maintien, mais vertueuse et modeste, avoit fort à souffrir avec lui, et madame de Maintenon étoit toujours embarrassée de n'avoir jamais et encore plus d'avoir quelquefois sa belle-sœur qui n'étoit d'aucune mise. Elle fit donc tant par Saint-Sulpice, à qui M. l'évêque de Chartres l'avoit livrée, que M. d'Aubigné fut conduit dans cette retraite, disant à tout le monde que sa sœur lui faisoit accroire malgré lui qu'il étoit dévot, et l'assiégeoit de prêtres qui le feroient mourir. Il n'y tint pas longtemps ; mais on le rattrapa encore, et on lui donna pour gardien un suivant du curé de Saint-Sulpice qui s'appeloit Madot, des plus crasseux de corps et d'esprit de la communauté de Saint-Sulpice, propre à rien, trop bon encore pour cet emploi, qui pourtant le fit évêque de Belley ; mais ce ne fut qu'après sa mort, après l'avoir longtemps gardé de feu et d'eau, et suivi partout comme son ombre. Pour la femme, elle se seroit aussi fort bien passée de se mettre en retraite, mais elle prit la chose plus doucement. »

— « L'abbé de Froulay étoit prêtre, comte de Lyon, bon homme qui ne manquoit ni d'esprit ni de savoir, mais tout à fait extraordinaire, et un des plus prodigieux mangeurs de France jusqu'à sa mort, sans excès pour lui ni ivrognerie. Il alloit toujours à pied, par choix, et avoit des chambres et des chemises par tous les quartiers de Paris, pour changer quand il en avoit besoin, car il suoit largement, et étoit grand et gros. Tout l'été il alloit sans culotte avec sa soutane.

Un enfant de chœur qui le découvrit dans un église où il disoit assez souvent la messe, eut la malice, en l'habillant à la sacristie, de lui attacher avec une épingle le bas de son aube avec sa soutane et le bout de sa chemise, puis, au lever-Dieu, de lever bien haut la chasuble et l'aube, tellement qu'il présenta son derrière en plein tout nu à la compagnie. Le lieu de le faire et le temps encore plus fut étrange, et l'éclat de rire aussi universel que la surprise. »

— « Le roi, dit Dangeau, à la date du 6 septembre 1698, a ordonné à Tessé, colonel général des dragons, de prendre le bonnet quand il le salue à la tête des dragons. Cela ne se fait jamais que pour le roi. » Saint-Simon a mis à ce passage la note suivante : « Ce bonnet de Tessé pour saluer le roi fut la suite d'une malice noire que lui fit M. de Lauzun, pour qui la charge de colonel général des dragons qu'avoit Tessé fut érigée. Il lui demanda comment il prétendoit saluer le roi à la tête des dragons, et, après bien des demi-discours, il lui apprit avec autorité qu'il étoit de sa charge de saluer en cette occasion avec un chapeau gris. Tessé, ravi, envoie à Paris, et se sent fort obligé d'un avis si important, d'une chose qui ne lui seroit jamais venue dans l'idée. Dès que son chapeau gris fut arrivé et paré de cocarde et de plumes, il le porta au lever du roi, et y surprit la compagnie d'un ornement devenu si extraordinaire, dont il dit la raison à chacun qui la lui demanda. La porte ouverte, le roi n'eut pas plutôt aperçu ce chapeau gris dont Tessé se pavanoit, et qu'il présentoit en avant, que, choqué de cette couleur qu'il haïssoit tellement aux chapeaux qu'il en avoit détruit l'usage, il demanda à Tessé de quoi il s'étoit avisé avec ce beau chapeau. Tessé, souriant et piétonnant, marmottoit entre ses dents, et Lauzun, qui étoit resté tout exprès, rioit sous cape. Enfin, poussé par deux ou trois questions du roi l'une sur l'autre et d'un ton assez sérieux, il expliqua l'usage de ce chapeau ; mais il fut bien étonné quand il s'entendit demander où diable il avoit pris cela, et tout aussitôt son ami Lauzun s'écoula. Tessé le cita, et le roi lui répondit que Lauzun s'étoit moqué de lui, et qu'il lui conseilloit d'envoyer tout à l'heure ce chapeau gris au général des Prémontrés. Celui des dragons ne demanda pas son reste, et ne fut pas sitôt délivré de la risée et des plaisanteries des courtisans. »

— « Le camp de Compiègne, qui pour des marionnettes que le roi voulut se donner, et plus encore à madame de Maintenon sous le nom de M. le duc de Bourgogne et de son instruction, devint un spectacle effrayant de magnificence et de luxe qui étonna l'Europe après une si longue guerre, et qui ruina troupes et particuliers, les uns pour longtemps, d'autres à ne s'en jamais relever. Cette attaque de Compiègne donna aux étrangers accourus sans nombre, et même aux François, une sorte de spectacle qui demeura peint et imprimé dans la tête de ceux qui le virent, bien des années après. Le roi étoit sur le cavalier, c'est-à-dire sur un endroit un peu plus élevé du rempart de Compiègne ou de la terrasse qui est de plain-pied à son appartement ; qui sert d'unique jardin et qui a vue sur une vaste campagne qui est entre la ville et la forêt. Toute la cour, hommes et femmes, étoit en haie sur plusieurs rangs, debout le long de cette terrasse, et toute l'armée en plusieurs lignes au bas ; ainsi le roi étoit vu à découvert de toute l'armée et de toute sa cour. Il étoit debout, un bras appuyé sur le haut d'une chaise à porteurs fermée dans laquelle étoit madame de Maintenon, à qui il expliquoit tout, et lui parloit à tout moment ; à chaque fois il se découvroit, se baissoit à la hauteur d'une glace de côté dont madame de Maintenon tiroit quatre doigts au plus et la repoussoit dès que le roi se relevoit, et le nombre de fois que cela arriva fut innombrable. Madame la duchesse de Bourgogne étoit assise sur un des bâtons de la chaise. En avant, des deux côtés de la chaise, les princesses du sang et les dames, debout en haie et bien parées. Cela dura bien près de deux bonnes heures. Pendant ce temps-là, Canillac, colonel du régiment d'infanterie de Rouergue, venant de la part de Crenan demander quelque ordre au roi, entra par une petite porte faite exprès au bas du cavalier, et le monta, par le roide, droit au roi, qu'il trouva vis-à-vis de lui. Comme il avoit toujours demeuré tout au pied de la muraille, il n'avoit rien vu de ce qui étoit sur le cavalier. Il l'aperçut donc en entier et d'un seul coup d'œil en le montant, et il en demeura surpris de telle sorte que, la machine suivant l'impression de l'âme, il resta court, sans parole et sans oreilles ; il fut assez longtemps sans pouvoir se remettre. Il s'expliqua, il entendit aussi peu, et redescendit si plein de la vision qu'il venoit de voir qu'il ne pouvoit s'en remettre. Elle fit grande impression sur chacun, et plus de bruit que la prudence ne le devoit permettre. »

EXTRAIT DU TOME VII.

« M. de Noyon[5] fourniroit un livre par ses faits et ses dits. Toutefois ils sont tels qu'on en rapportera ici quelques-uns à mesure qu'ils viendront à l'esprit.

C'étoit un homme d'esprit et de savoir, mais d'un savoir brouillé et confus, homme d'honneur et de bien, et bon évêque, charitable, résidant, appliqué à ses devoirs et gouvernant bien sagement, fort au demeurant de vanité de toute espèce, et ne s'en contraignant point. Il disoit qu'il étoit devenu évêque comme un coquin, à force de prêcher, et appeloit beaucoup d'évêques, évêques du second[6] ordre. À ceux-là il répondoit Monsieur quand ils l'appeloient Monseigneur, et Monseigneur quand ils lui disoient Monsieur. Il appeloit souvent le pape « Monsieur de Rome », et assuroit que si Monsieur de Rome, se trouvant à Noyon, y vouloit faire des fonctions sans sa permission, il l'en empêcheroit très-bien.

M. de Noyon avoit boisé tout son appartement de Noyon peint en brun, et dans tous les cadres c'étoient deux clefs en sautoir dans un manteau ducal avec la couronne, sans pas un chapeau d'évêque ; et cela répété partout ; aux deux côtés de sa galerie il avoit mis une grande carte généalogique avec cette inscription : Descente des empereurs d'Orient, en l'une, et en l'autre, d'Occident de la très-auguste maison de Clermont-Tonnerre ; et au milieu un grand tableau qu'on eût pris pour un concile sans deux religieuses qui le

5 F. de Clermont-Tonnerre, évêque de Noyon.

6 Il y a dans le manuscrit une abréviation qui peut signifier second ou dernier.

fermoient ; et il disoit que c'étoient les saints et les saintes de sa maison. Dans sa chambre à coucher il avoit sur sa cheminée ses armes avec tous les honneurs temporels et ecclésiastiques qui se peuvent rassembler, et se délassoit devant son feu à contempler ce trophée, et tout le vaste parterre de sa maison abbatiale de Saint-Martin de Laon n'étoit que ses armes en buis avec ses honneurs autour.

Il fit un trait énorme à M. d'Harlay, alors archevêque de Paris et point encore duc. Il entroit dans la cour de Saint-Germain dans un carrosse et passa auprès de M. de Paris, qui y entroit aussi à pied. Le voilà à crier à son cocher, et M. de Paris à aller à lui, ne doutant pas qu'il ne criât ainsi pour mettre pied à terre. Point du tout. Il s'élance, saisit la main de M. de Paris, fait avancer au pas et le mène en laisse jusqu'au bas de l'escalier. M. de Paris pensa mourir de rage, et toujours M. de Noyon à le complimenter et le tint toujours de la sorte. Jamais M. de Paris ne le lui a bien pardonné. Longtemps après M. de Noyon, qu'on avoit rapatrié avec lui et qui l'alloit voir, trouva mauvais que M. de Paris ne lui rendît point de visites, qui s'étoit mis sur le pied de n'aller guère chez personne, et lui fit ordonner par le roi de l'aller voir ; aussi s'en vengea-t-il cruellement en apprenant à M. de Noyon ce dont il ne s'étoit point aperçu, et que personne n'avoit voulu lui dire de la dérision de l'abbé de Caumartin dans sa harangue lorsqu'il le reçut à l'Académie, dont on a vu l'histoire en son lieu[7].

« Au repas que le cardinal d'Estrées donna à la réception au parlement de M. de Laon, son neveu, on avoit mis deux cadenas pour M. le prince et M. le duc, qui est mort le dernier M. le prince ; on s'attendoit qu'ils les ôteroient ; mais M. de Noyon, qui crut peu s'y devoir fier, en prit le soin, et regardant ces princes en les ôtant : « Messieurs, dit-il, il est plus aisé d'en ôter deux que d'en faire venir quinze ou seize pour ce que nous sommes ici de pairs.

M. le prince le héros étoit trop goutteux pour conduire, et en faisoit le compliment, duquel M. son fils prit peu à peu la coutume.

---

7 Voyez, sur cette séance de l'Académie, un article de M. Sainte-Beuve, dans l'Athenœum du 18 août 1855.

Il le fit donc un jour à M. de Noyon en lui disant : « Vous ne voulez pas qu'on vous conduise ? » « Moi, répondit vivement le Noyon, point du tout ; c'est vous apparemment, monsieur, qui me le voulez faire accroire. » Sur cela M. le duc, fort étonné, se met à le conduire, et l'autre se laissa conduire jusqu'au bout, et s'est toujours laissé conduire depuis, sans que les princes du sang lui aient plus hasardé ce : « Vous ne voulez pas qu'on vous reconduise. » Sortant longtemps après de chez ce même M. le duc, devenu alors M. le prince, qui le conduisoit, M. de la Suse, archevêque d'Auch, qui sortoit en même temps, fit des compliments à M. le prince ; M. de Noyon se tournant à M. d'Auch et le prenant par le bras : « Ce n'est pas vous, monsieur, lui dit-il, mais moi que M. le prince conduit ; je vous en avertis » ; puis acheva de le laisser conduire.

Il en fit un autre, à propos de conduite, qui fut étrange. Il était à Versailles chez la chancelière de Pontchartrain avec bien du monde. Comme il s'en alla, madame la chancelière et sa belle-fille, sœur du comte de Roucy, se mirent à le conduire ; vers le milieu de la chambre, il se tourne à elles, et d'un air souriant prend madame de Pontchartrain par la main et la prie de n'aller pas plus loin, et laisse faire madame la chancelière. Ces dames allant toujours, il se retourne vers la porte, et dit à madame de Pontchartrain : « Vous, madame, qui êtes ma parente, en voilà trop ; et je ne veux pas absolument que vous alliez plus loin » ; puis, regardant la chancelière : « Pour madame, ajouta-t-il, elle fait ce qu'elle doit » ; et la laissa aller tant qu'elle voulut.

Toutes deux demeurèrent confondues et la compagnie fort embarrassée qui baissa les yeux au retour de la chancelière, fort rouge et fort silencieuse, et on en rit bien après qu'on fut sorti de là.

Au pénultième lit de justice du roi, les cardinaux prétendirent précéder les pairs ecclésiastiques. Ils se fondoient sur les derniers exemples des cardinaux de Richelieu et Mazarin et sur d'autres encore. Les pairs ecclésiastiques réclamoient leurs droits usurpés par autorité et par violence ; M. de Noyon soutint presque seul le choc d'une part, et les cardinaux de Bouillon et Bonzi[8] de l'autre, et

8 Il y a par erreur Bouzi partout dans l'imprimé.

l'affaire s'échauffa. M. de Noyon tout publiquement dit au roi que les cardinaux étoient une chimère d'Église, MM. de Bouillon une chimère d'État, qui ne pouvoient se mesurer en réalité à l'épiscopat ni à la pairie, et qu'ayant toujours disputé à deux cardinaux qui gouvernoient tout, il ne céderoit pas à deux cardinaux qui ne gouvernoient rien. Le cardinal de Bouillon fut outré pour sa rade (sic) et jeta les hauts cris. Il voulut exciter le cardinal Bonzi, qui lui répondit froidement que ce qu'il trouvoit de pis dans le propos de M. de Noyon, c'est que le cardinal de Bouillon ni lui, Bonzi, ne gouvernoient en effet pas grand'chose. M. de Noyon cependant s'applaudissoit de son bon mot et le répétoit à tout le monde. Il l'emporta sur les cardinaux, qui de dépit n'ont plus paru depuis à aucun lit de justice. Le cardinal Dubois essaya de donner atteinte au jugement du feu roi, et voulut précéder les pairs ecclésiastiques au lit de justice qui fut tenu de son temps ; mais il n'en put venir à bout, et s'abstint de s'y trouver.

Il arriva une fois à ce M. de Noyon d'avoir grande envie de pisser, qu'il se trouvoit un jour de grande fête, pontificalement revêtu dans le chœur de sa cathédrale.

Il n'en fit pas à deux fois ; il se mit en marche, sa chape tenue des deux côtés par le diacre et le sous-diacre, sort à la porte en cet état ainsi assisté, troussa sa jaquette, se soulagea et revint pontificalement à sa place. Une autre fois, la même envie lui prit à Versailles comme il passoit dans la tribune, qui du temps de la vieille chapelle servoit de passage de l'aile neuve au reste du château. Il ne s'en contraignit pas, et se mit à pisser par la balustrade. Le bruit de la chute de l'eau de haut en bas sur le marbre dont la chapelle étoit pavée fit accourir le suisse de la porte de l'appartement, qui fut si indigné du spectacle qu'il alla querir Bontemps, premier valet de chambre de confiance et gouverneur de Versailles, qui accourut tout essoufflé et qui joignit M. de Noyon qui passoit l'appartement et ne demandoit pas son reste. Le bonhomme le querella, et M. de Noyon, tout Noyon qu'il étoit, se trouva fort empêché de sa personne. Le roi en rit beaucoup, mais il eut la considération pour lui de ne lui en point parler.

Le roi s'en amusoit fort, et prenoit plaisir à lui parler à son dîner et à son souper, à le mettre aux mains avec quelqu'un, et, faute de ces occasions, à l'agacer. Il en fut un jour rudement payé. C'étoit quelques années après la mort de madame la dauphine de Bavière, et longtemps avant le mariage de celle de Savoie. L'appartement de la reine, où cette première dauphine étoit morte, avoit toujours été fermé depuis. Le roi le fit ouvrir pour y exposer à la vue des courtisans des ornements superbes qu'il avoit fait faire pour l'église de Strasbourg, et cela donna lieu à beaucoup de raisonnements sur madame de Maintenon, dont on crut que le mariage alloit être déclaré, et qu'on avoit rouvert l'appartement de la reine sous le prétexte de ces ornements pour y accoutumer le monde et y mettre après la reine déclarée ; et la vérité est que cela ne tint alors qu'à un filet, et que l'affaire étoit faite si M. de Meaux et M. de Paris, Harlay, que cela perdit après de crédit et de faveur, eussent pu être gagnés à décider que le roi y étoit obligé en conscience.

Dans ce temps-là précisément, le roi, badinant à son dîner M. de Noyon sur toutes ses dignités et ses honneurs et sur ce qu'il devoit être l'homme du monde le plus satisfait de soi-même, M. de Noyon entra dans cet amusement du roi, et conclut que toutefois il manquoit encore une seule chose à son contentement. Le roi, qui ne douta pas qu'il n'eût envie de mettre le chapeau en avant, et qui plaisantoit toujours avec lui sur le peu de cas qu'il disoit faire du cardinalat, le poussa à plusieurs reprises pour le faire expliquer. À la fin, il le fit par une énigme fort claire, et dit au roi que ce qu'il désiroit ne pouvait être que quand la justice de Sa Majesté auroit couronné la vertu. Véritablement ce fut un coup de foudre. Le roi baissa la tête sur son assiette et n'en ôta les yeux de tout le reste du dîner, qu'il dépêcha fort promptement. J'étois à côté de M. de Noyon, qui d'abord piétina, se pavanant et regardant la compagnie ; mais chacun les yeux bas ne se permettoit que des œillades à la dérobée, le fit apercevoir de l'extrême embarras du roi et de tous les assistants. Il ne dit plus pas un mot et badinoit avec sa croix de l'ordre, en homme fort déconcerté, et personne ne trouva le reste du dîner plus long que le roi et lui. Il arriva pourtant que madame de Maintenon ne put lui savoir mauvais gré d'avoir déclaré si à brûle-pourpoint son désir d'être son grand-aumônier, et qu'il n'en fut pas plus mal avec le roi.

Le roi lui fit une malice fort plaisante.

M. de Noyon étoit fort des amis du premier président d'Harlay, qu'il avoit apprivoisé au point de l'aller voir aux heures les plus familières, et de manger chez lui sans être prié quand il vouloit.

Le roi lui demanda un jour si le premier président faisoit bonne chère. « Mais, sire, répondit-il, assez bonne, une bonne petite chère bourgeoise. » Le roi rit, et mit ce mot en réserve. Quatre jours après, le premier président étant venu parler au roi dans son cabinet, le roi lui rendit le propos de M. de Noyon, qui le piqua au point où on le peut croire du plus faux et du plus glorieux des hommes. Il ne dit mot, et attendit M. de Noyon à venir. Il ne tarda pas et sur l'heure du dîner. Le premier président fut au-devant de lui en grandes révérences, et lui demanda avec son hypocrite humilité ce qui lui plaisoit lui commander. M. de Noyon, bien étonné de l'accueil, lui demanda à son tour ce qu'il lui vouloit dire d'un style si nouveau pour lui qui venoit lui demander à dîner. « À dîner ! répondit le premier président. Nous ne faisons céans qu'une petite chère bourgeoise qui convient à des bourgeois comme nous, et qu'il ne nous appartient pas de présenter à un prélat aussi distingué par sa dignité et par sa naissance. » Réplique de M. de Noyon, qui sentit bien que le roi l'avoit trahi. Duplique du premier président. Tant qu'enfin M. de Noyon dit que cette plaisanterie étoit belle et bonne, mais qu'il avoit renvoyé son carrosse. « Qu'à cela ne tienne, répondit le premier président, vous en aurez un tout à cette heure » ; et tant fut procédé qu'il le renvoya dans le sien et sans dîner. M. de Noyon bien en peine fit parler au premier président dans l'espérance de tourner la chose en plaisanterie ; mais il se trouva qu'elle n'eut aucun lieu, tellement que M. de Noyon alla au roi, qui, après avoir bien ri de la farce qu'il s'étoit faite et laissé M. de Noyon plusieurs jours bien en peine, lui promit enfin de raccommoder ce qu'il avoit gâté, et le raccommoda en effet.

Le premier président n'osa ne pas vivre avec M. de Noyon différemment de ce qu'il avoit fait, parce que le roi, qui pour se divertir, avoit fait la brouillerie, avoit voulu sérieusement les raccommoder ; mais l'orgueil du personnage n'en put jamais revenir.

M. de Noyon eut une maladie qui le mit à la dernière extrémité à Paris ; avant de recevoir ses sacrements, il envoya prier le nonce de lui donner la bénédiction apostolique. Cela fut trouvé fort étrange surtout d'un évêque qui appeloit quelquefois le pape : « Monsieur de Rome. » Il guérit, mais pour peu d'années ; et quand il le fut, le roi le réprimanda de la singularité de sa dévotion, moins que cela ayant souvent profité à la cour de Rome pour étendre sa juridiction. On en diroit bien d'autres sur M. de Noyon. Ce peu suffit pour faire connoître un homme dont on parlera encore longtemps. Mais il en faut encore dire une, outre le dais brisé qu'on l'accusoit de porter avec lui en voyage.

On a vu dans la suite de ces remarques quelle étoit la duchesse de Picquigny. Chaulnes et d'autres terres à elle sont du diocèse de Noyon ; et il s'étoit formé une assez grande amitié entre eux qui dura plusieurs années, et jusqu'à une visite que M. de Noyon lui rendit, où ils parlèrent de rangs. M. de Noyon lui dit que, s'il pouvoit être marié, sa femme passeroit devant elle. Madame de Picquigny soutint le contraire. M. de Noyon allégua l'ancienneté de sa pairie, Madame de Picquigny qu'elle étoit duchesse et qu'il n'étoit que comte.

Tant fut procédé qu'ils s'échauffèrent si bien sur ce bel être de raison qu'ils se séparèrent brouillés, et ce qu'il y eut de plus beau, c'est qu'ils le demeurèrent.

On prétend qu'il conduisoit son neveu, même enfant, à son carrosse, comme étant son aîné ; mais ce qui est certain, c'est que se trouvant chez lui avec l'abbé de Tonnerre, mort évêque de Langres, et M. de Chaste[9], mort évêque de Laon, et qui l'étoit déjà, quelqu'un qui arriva lui dit qu'il le trouvoit là en famille. « En famille ! reprit-il, oui en famille. Voilà monsieur, en montrant l'abbé, qui est de ma maison » ; puis montrant l'évêque : « Et monsieur qui s'en dit ; oui, en famille, monsieur, en famille. » Le pauvre Laon fut démonté et ne répliqua ni ne leva le siége. Mais, à la fin, en voilà assez. »

— M. de Noirmoustier, cadet de la maison de la Trémoille, étoit fils de M. de Noirmoustier, si avant dans le parti des frondeurs dans

9 Il faut lire Chatte (Louis-Anne de Clermont).

la minorité de Louis XlV, et qui, à force d'esprit, de souplesses et d'intrigues, obtint un brevet de duc en 1650 et mourut en 1666. Sa mère étoit fille de Beaumarchais, trésorier de l'épargne, et sa femme d'Aubery, président en la chambre des comptes. Il laissa deux fils et deux filles dont les trois (sic) furent tous considérables[10]. L'aîné, dont il s'agit ici, étoit un des hommes de son temps le plus beau et le mieux fait, avec beaucoup d'esprit, mais orné, agréable, gai, solide et fait également pour le monde et pour les affaires. Il arriva donc avec ces talents, qui le firent briller et rechercher par la meilleure compagnie de la cour ; mais la petite vérole qui le prit allant joindre la cour à Chambord et qui lui creva les deux yeux, arrêta à dix-huit ans, dès son commencement, une vie qui promettoit tant.

Le désespoir qu'il en conçut l'enferma plusieurs années sans vouloir presque être vu de personne, charmant ses ennuis par une continuelle lecture ; et, comme rien n'en dissipoit son esprit, il n'oublia jamais rien, et sans le vouloir il se forma à tout. Le peu d'amis qu'il s'étoit réservés et qui, par le charme de sa conversation, lui étoient demeurés fidèles, le forcèrent à la fin de vivre dans un cercle un peu plus étendu, et de l'un à l'autre il devint le rendez-vous de la compagnie la plus choisie et souvent la plus élevée. Tout est mode. Il devint du bon air d'être admis chez lui. Le médiocre état de ses affaires lui fit épouser en 1688 la fille de la Grange-Trianon, président aux requêtes veuve de Bermond, conseiller au parlement ; et puis veuf sans enfants au bout d'un an. Il demeura ainsi jusqu'en 1700, qu'il se remaria à la fille de Duret de Chevry, président en la chambre des comptes, par amour réciproque d'esprit. La fameuse princesse des Ursins, sa sœur, longtemps mécontente de ces mariages, fut obligée enfin d'avoir recours à ses conseils, à son industrie, à ses amis, et le fit entrer en beaucoup de choses importantes, qui le firent faire duc vérifié, et frère cardinal. Depuis leur mort, moins occupé d'affaires, il s'est toujours amusé de celles du monde et de ses amis, et sa maison a été un réduit, un conseil, un tribunal qui s'est toujours soutenu en considération distinguée par

---

10 Le duc de Noirmoutiers eut neuf enfants, cinq fils et quatre filles, qui moururent tous après 1666.

celle de tous les gens principaux qui se sont fait honneur d'y être admis.

— Le cardinal de Furstemberg a joué un tel rôle dans les affaires entre l'empire et la France qu'il seroit inutile de parler de lui. On se contentera de remarquer qu'ils étoient comtes de l'empire, sans autre prétention, jusqu'en l'an 1654 que l'empereur les créa princes de l'empire.

Le cardinal avoit aimé de longue main une comtesse de Walvoord, veuve du comte de la Mark et mère de celui qui fut chevalier du Saint-Esprit en 1724, après plusieurs emplois au-dehors. Il l'avoit remariée à un comte de Furstemberg, son neveu, et il vivoit avec elle en France, ménage public, logeant toujours ensemble. C'étoit une créature fort haute, fort emportée, de beaucoup d'esprit, plus que galante, et qui avoit été belle, mais grande et grosse comme un Suisse, effrontée à l'avenant, et qui avoit pris un tel ascendant sur le cardinal qu'il n'osoit souffler devant elle. Son luxe en tout genre étoit si prodigieux qu'on n'en croiroit pas les étranges détails de magnificence, de profusion, de délicatesse dont son jeu prodigieux ne faisoit pas la plus forte dépense, qui ruinoit le cardinal, quoiqu'il eût entre 7 à 800,000 livres de rentes en bénéfices ou pensions du roi.

« Le scandale en étoit énorme ; mais ses services et ses souffrances pour le roi, décorés de sa pourpre, mettaient tout à couvert, au point que la comtesse avoit une grande considération du roi et des ministres, dont elle étoit traitée avec une singulière distinction. Madame de Soubise, à qui le roi avoit ses anciennes raisons de ne rien refuser, et qui, moyennant son traité avec madame de Maintenon de n'aller jamais à Marly et de ne voir jamais le roi en particulier, l'avoit toujours à elle pour tout ce qu'elle souhaitoit, avoit mis un de ses fils dans le chapitre de Strasbourg par force et par autorité du roi déployée, parce qu'il étoit boiteux d'un quartier, et ce quartier étoit le cuisinier de Henri IV, le célèbre la Varenne, que les plaisirs de ce prince firent son portemanteau et que son esprit et les affaires où son maître l'employa enrichirent tellement, qu'après bien de la résistance il fut convenu qu'ils seroient dupes et passeroient ce quartier pour celui d'une maison noble de ce même nom qui toutefois n'avoit jamais eu d'alliance avec celle de Rohan. Dès qu'il fut chanoine, sa bonne mère songea à le faire évêque, et fit sa cour à la comtesse de Furstemberg tout de son mieux ; mais la cour concluante consistoit aux pistoles pour faire consentir le cardinal au titre amer de coadjuteur. Le traité fait, il fallut capter la bienveillance du chapitre, qui conserve encore les dehors de la liberté et qui postule ou élit. Un abbé de Camilly, Normand de basse étoffe, mais d'esprit délié et accort, et grand vicaire à Strasbourg, fut gagné par madame de Soubise, et eut le secret de la négociation, qu'il fit réussir, et dont il eut l'évêché de Toul en récompense, et est mort archevêque de Tours, et, quod horrendum, comme il avoit vécu. C'étoient toutes ces simonies que le cardinal de Bouillon avoit mises au net, instruit par ses émissaires de point en point et enragé qu'il étoit de manquer Strasbourg pour lui et pour ses neveux, qui tous trois étoient dans le chapitre, dans les dignités, et bien auparavant l'abbé de Soubise, plus jeune que l'abbé d'Auvergne. Ce fut aussi ce qui piqua le roi, protecteur d'un marché qu'il ignoroit, et ce qui outra la comtesse et madame de Soubise, desquelles la beauté faisoit le plus beau coadjuteur de l'Europe et le plus jeune aussi, moyennant quantité de pistoles ; et ce fut ce qui acheva la perte résolue du cardinal de Bouillon, que sa conduite aggrava de plus en plus et dont il n'a pu sortir dans le long reste d'une honteuse et très-misérable vie. »

— Nous signalerons, en terminant, le passage (à la date du 16 novembre 1700) où l'on voit l'origine du mot célèbre : Il n'y a plus de Pyrénées, attribué à Louis XIV. Lorsque ce prince eut présenté son petit-fils, le duc d'Anjou, comme successeur de Charles II à l'ambassadeur d'Espagne, et autorisé les seigneurs de sa cour à accompagner le nouveau roi même jusqu'à Madrid, « l'ambassadeur, raconte Dangeau, dit fort à propos que ce voyage devenoit aisé et que présentement les Pyrénées étoient fondues. »

Ce mot fut défiguré dès l'instant même dans le Mercure, qui le rapporte ainsi : « Quelle joie ! il n'y a plus de Pyrénées, elles sont abîmées et nous ne sommes plus qu'un. »

ANALYSE DU JOURNAL DE DANGEAU PAR M. SAINTE-BEUVE.

Chez Dangeau, l'importance des révélations historiques est toujours masquée par du cérémonial, et il faut quelque temps pour s'en débarrasser. Le tome III s'ouvre au 1er octobre de l'année 1689, quand la France est engagée dans une grande guerre européenne qui chaque jour s'étend et qui oblige de faire face sur toutes les frontières, sur le Rhin, en Flandre et aux Pyrénées, bientôt du côté des Alpes, et déjà aussi dans les colonies et sur les mers. L'Empire et l'Allemagne, la Hollande, l'Espagne, l'Angleterre, la Savoie tout à l'heure, on a à tenir tête à toutes ces puissances, et on y réussit d'abord sans trop de fatigue et sans presque qu'il y paraisse au dedans. La cour n'a jamais paru plus tranquille et plus brillante. « — Samedi 1er octobre, à Versailles. — Le roi et monseigneur s'amusèrent le matin à faire tailler les arbres verts de Marly ; ils en partirent l'après-dînée après avoir joué aux portiques... » — « Lundi 3. — Le roi dîna à son petit couvert avec monseigneur ; sur les cinq heures il alla faire la revue de ses mousquetaires et puis se promener dans le potager... » — « Mercredi 5. — Le roi dîna à son petit couvert et alla tirer... » Les soirs il y a comédie ou appartement, jeux avant et après souper. C'est là le commencement et la fin de la plupart des journées chez Dangeau. Monseigneur continue de chasser chaque matin et de prendre son loup, tant qu'il y a des loups ; car à la fin il en a tant tué qu'à de certains jours il n'en trouve plus. On a, par Dangeau, le nom exact de tous les jeux auxquels on jouait à la cour de Louis XIV et où le roi prenait part lui-même. Rabelais nous a donné la liste complète de ceux de Gargantua enfant après ses repas et les grâces dites : « Puis… se lavoit les mains de vin frais, s'écuroit les dents avec un pied de porc, et devisoit joyeusement avec ses gens.

Puis, le vert étendu, l'on déployait force cartes, force dez et renfort de tabliers. Là jouoit

au flux,

à la prime,

à la vole,

à la pile,

à la triomphe, etc. etc. »

Et l'on en a ainsi pendant plusieurs pages. Pour Louis XIV et Monseigneur on dresserait une liste pareille, et l'on sait maintenant qu'ils jouaient à l'hombre, — au reversis, — au brelan, — au lansquenet, — aux portiques, — à culbas, — au trou-madame, — à l'anneau tournant, — à la roulette, — à l'escarpoulette, etc. C'est à n'en pas finir. Les nouvelles les plus importantes de la guerre s'y entremêlent et sont enregistrées à côté : on a la physionomie exacte des choses. La Dauphine, près de qui Dangeau est chevalier d'honneur, meurt vers ce temps-là ; on a le cérémonial de ses funérailles dans la dernière précision. Au moment où le corps de la Dauphine est exposé dans sa chambre, avant l'autopsie, il s'est commis une irrégularité dont le narrateur ne manque pas de nous avertir : « Madame la Dauphine a été à visage découvert jusqu'à ce qu'on l'ait ouverte, et on a fait une faute : c'est que pendant ce temps-là, les dames qui n'ont pas droit d'être assises devant elle pendant sa vie, n'ont pas laissé d'être assises devant son corps à visage découvert. » Les choses se passent plus correctement en ce qui est des évêques : « Il a été réglé, nous dit Dangeau, que les évêques qui viennent garder le corps de madame la Dauphine auront des chaises à dos, parce qu'ils en eurent à la reine ; l'ordre avait été donné d'abord qu'ils n'eussent que des tabourets. » L'acte de l'adoration de la Croix, le jour du vendredi saint, est avant tout, chez Dangeau, l'occasion d'une querelle de rang, d'un grave problème de préséance : « Ce matin, les ducs ont été à l'adoration de la Croix après les princes du sang.

MM. de Vendôme et les princes étrangers ne s'y sont pas trouvés. » (de peur de compromettre leurs prétentions). Dangeau ne trouve pas à tout cela le plus petit mot pour rire, et s'il ne prend pas feu comme Saint-Simon, que ces sortes de questions ont le privilège de faire déborder, il s'applique à bien exposer les points en litige, comme un rapporteur sérieux et convaincu. Il relate en greffier d'honneur combien, au service funèbre solennel de cette même Dauphine, il y eut de chaises vides entre les princes ou princesses et les premiers présidents, soit du Parlement, soit de la Chambre des comptes, combien on fit de révérences auxdits princes et princesses. Il ne manque à rien, et trouve moyen de suivre quelques-unes de ces difficultés d'étiquette même de loin, et de l'armée du Rhin, où il est allé. Un procès s'est élevé entre M. de Blainville, grand maître des cérémonies, et M. de Sainctot, qui n'est que maître des cérémonies. Le roi prend lui-même connaissance de l'affaire et décide ; presque tout est jugé en faveur de Sainctot, qui a pour lui une longue possession : il restera indépendant de M. de Blainville, ne prendra point l'ordre de lui, marchera à sa gauche, mais sur la même ligne, etc. « La seule chose qui est favorable à M. de Blainville, ajoute Dangeau, c'est qu'il aura la queue de son manteau plus longue d'une aune que celle de M. Sainctot ; et ainsi les charges ne sont pas égales, mais elles ne sont pas subordonnées. » Il semble à quelqu'un de spirituel avec qui je lis ce passage, que Dangeau, cette fois, a été à une ligne près de trouver cela ridicule, mais qu'il n'a pas osé. Non, je ne crois pas que Dangeau, même en cet endroit, ait été si près de sourire ; on n'a jamais pris plus constamment au sérieux toutes ces puérilités majestueuses, qui avaient, au reste, leurs avantages, si on ne les avait poussées si à bout.

On a connu, depuis, les inconvénients du sans-gêne dans les hommes publics et dans les choses d'État. Toujours des excès.

Dangeau, fidèle menin, accompagne Monseigneur à l'armée du Rhin (mai 1690). C'est la seconde campagne de Monseigneur, qui à la première, dix-huit mois auparavant, s'était assez distingué. Il ne se passe rien d'important dans celle-ci. Au lieu des chasses de

Monseigneur, Dangeau nous rend exactement toutes ses revues, les fourrages de l'armée, le tous-les-jours du camp, comme il faisait du train de Versailles. Les questions de cérémonial et de salut militaire ne sauraient être oubliées : « En arrivant ici (au camp de Lamsheim), Monseigneur vit toute l'infanterie en bataille sous une ligne à quatre de hauteur… M. de la Feuillée, lieutenant général, qui était demeuré ici pour commander l'infanterie, salua Monseigneur, de l'épée, à cheval. » Monseigneur toutefois, dans cette campagne, s'il ne fait rien d'extraordinaire, ne manque à rien d'essentiel : il remplit les devoirs de son métier, il fait manœuvrer son monde. Dans ses différentes marches, il étudie le terrain et les campements, ce qui s'y est fait autrefois de considérable. Il se fait montrer par le maréchal de Lorges les postes qu'occupaient à Sasbach Montécuculli et Turenne, l'endroit où celui-ci a été frappé à mort, et l'arbre au pied duquel on le transporta pour y mourir. Mais au milieu des qualités honnêtes et régulières du Dauphin, on regrette de ne sentir aucune étincelle ; il n'a pas le démon en lui. Parti le 17 mai de Versailles, il s'en revient à la fin de septembre sans avoir rencontré ni fait naître d'occasion, sans avoir rien tenté de mémorable. Il rejoint à Fontainebleau la cour, et Dangeau, qui ne le quitte pas, rentre dans ses eaux.

L'année suivante se passe mieux.

Louis XIV part le 17 mars 1691 pour se mettre en personne à la tête de son armée de Flandre. On a ici, en suivant Dangeau pas à pas, une impression bien nette de ce qu'était un de ces fameux siéges classiques de Louis XIV, solennels, réguliers, un peu courts à notre gré, toujours sûrs de résultat, pleins d'éclat pourtant, de nobles actions, de dangers et de belles morts. Le roi, dès l'automne dernier, s'était dit qu'il fallait frapper un coup. Le bruit se répand à Versailles, dans les premiers jours de mars, qu'on va faire un gros siége ; on ne dit pas encore de quelle place : sera-ce Mons ? sera-ce Namur ? Cette année, ce sera Mons. Le roi le déclare le mercredi 14 à Versailles, à son lever. Chacun s'empresse d'en être ; nous avons la composition de cette brillante armée, dont la tête est formée de princes et des plus beaux noms de noblesse et de guerre. La place est investie par Boufflers. Vauban, l'âme des siéges, est parti de

Valenciennes pour être devant Mons à l'arrivée du roi. Louvois, cette autre providence, a tout préparé et a fait dresser de longue main les instructions, les études. Les choses se passent comme on l'avait prévu et à point nommé. Louis XIV, son fils, son frère n'ont plus qu'à sortir à cheval le matin, et à avoir l'œil à ce qui s'exécute. On ouvre ce que Vauban appelle le dispositif de la tranchée le samedi 24. Le roi pendant le siége, et malgré la goutte dont il ressent quelque accès, persiste à monter à cheval et à aller à la tranchée : « Il n'a mis pied à terre que vis-à-vis de la batterie, raconte Dangeau (27 mars) ; ensuite il a visité tout le travail qu'on a fait, et a été aux travaux les plus avancés. Il ne s'est pas contenté de cela, et pour mieux voir, il s'est montré fort à découvert ; il s'est même mis fort en colère contre les courtisans qui l'en voulaient empêcher, et a monté sur le parapet de la tranchée, où il a demeuré assez longtemps.

Il était aisé aux ennemis de reconnaître son visage, tant il était près. M. le Grand (le grand écuyer), qui était près de lui, a été renversé de la terre du parapet que le canon a percé, et en a été tout couvert sans en être blessé pourtant. » Au retour de cette inspection, Louis XIV travaille avec ses ministres et tient conseil comme s'il était à Versailles. Tout son monde de Versailles est là, même Racine, le gentilhomme ordinaire, qui prend ses notes pour l'histoire dont il est chargé et qu'il n'écrira pas ; on a de lui une lettre intéressante à Boileau, aussi exacte et circonstanciée que peut l'être la relation de Dangeau lui-même. L'accident principal du siége est l'attaque d'un ouvrage à cornes qui défend la place. « Samedi 31 avril. — Vauban a dit au roi que s'il était pressé de prendre Mons, on pouvait dès aujourd'hui se rendre maître de l'ouvrage à cornes ; mais que puisque rien ne pressait, il valait mieux encore attendre un jour ou deux, et lui sauver du monde. » Ce n'est pas le monde qu'on sauve, c'est du monde qu'on veut sauver à Louis XIV. L'attaque, même différée d'un jour, coûta cher pourtant : l'ouvrage à cornes fut pris d'abord, puis perdu ; il fallut revenir à la charge le lendemain. La plupart des officiers y furent tués ou blessés. Un Courtenay mousquetaire y fut tué, un descendant légitime de Louis le Gros et, à sa manière, un petit-fils de France. « Je voyais toute l'attaque fort à mon aise, écrit Racine à Boileau, d'un peu loin à la vérité ; mais j'avais de fort bonnes lunettes, que je ne pouvais presque tenir ferme tant le cœur me battait à voir tant de braves gens dans le péril. » Le roi, à ce siége de Mons comme l'année suivante à celui de Namur, s'offre bien à nous dans l'attitude sinon héroïque, du moins royale, et il satisfait à l'honneur, au courage, à tous ses devoirs, y compris l'humanité.

« Jeudi 5 avril. — Le roi, en faisant le tour des lignes, a passé à l'hôpital pour voir si l'on avait bien soin des blessés et des malades, si les bouillons étaient bons, s'il en mourait beaucoup, et si les chirurgiens faisaient bien leur devoir. » La ville a demandé à capituler après seize jours de tranchée ouverte : « Le roi, dit Dangeau, a donné ce matin (9 avril) à Vauban 100,000 francs, et l'a prié à dîner, honneur dont il a été plus touché que de l'argent. Il n'avait jamais eu l'honneur de manger avec le roi. » La garnison, composée d'environ cinq mille hommes, sort de la place le lendemain 10 ; Monseigneur assiste au défilé : « Le gouverneur salua Monseigneur de l'épée, et sans mettre pied à terre ; il lui dit qu'il était bien fâché de n'avoir pu tenir plus longtemps, afin de contribuer davantage à la gloire du roi. » Ainsi tout se passait de part et d'autre en parfait honneur et en courtoisie.

Les campagnes durent peu quand le roi y est. Le roi, son siége fait et son coup de foudre lancé, revient à temps, cette année 1691, pour entendre la messe le dimanche de Pâques, 15 avril, à Compiègne, et pour faire ses pâques le dimanche d'après à Versailles. Les chasses et les jeux recommencent.

C'est l'impression générale seulement que je veux donner. Assez d'autres chercheront dans le Journal de Dangeau tel ou tel fait particulier ; très-peu de monde aura la patience de le lire d'un bout à l'autre comme on lit un livre. J'avouerai que cette lecture un peu prolongée, quand on s'y applique, produit une fatigue et un cassement de tête par cette succession de faits sans rapport et sans suite qui font l'effet d'une mascarade. On serait tenté, au sortir de là, de prendre un livre de raisonnement et de logique pour se reposer.

Mais enfin, en poursuivant cette lecture à travers les mille particularités dont elle se compose, et en faisant la part de la bienveillance et de l'optimisme de Dangeau, décidé à trouver tout bien, on arrive à un résultat qui, selon moi, ne trompe point : on ressent et l'on respire ce qui est dans l'air à un certain moment. Eh bien, même à travers cette guerre immense et laborieuse, les années 1691, 1692, 1693, sont encore fort belles et continuent de donner une bien haute idée de Louis XIV. Au milieu de la grandeur, la gaieté de la cour, la légèreté même survivent et se perpétuent, grâce surtout à ces charmantes filles du roi, la princesse de Conti et madame la Duchesse. Ce n'est plus l'âge des la Vallière, des Soubise, des Montespan, dansant avec Louis ou autour de Louis sous des berceaux de fleurs ; mais c'est encore le beau moment des promenades des dames sur le canal de Versailles, des collations de Marly, de Trianon, et les enchantements n'ont point cessé. Ils ne cesseront sensiblement que dans les dernières années de cette guerre. Et par cela seul que Dangeau écrit jour par jour, ce nous sera un témoin de ce changement graduel ; il ne sera pas en son pouvoir de le dissimuler.

Nous sommes encore ici dans les temps qui précèdent la date à laquelle s'ouvrent les Mémoires de Saint-Simon. Celui-ci ne les commence, en effet, qu'avec le siége de Namur en 1692, ce qui donne plus de prix aux faits antérieurs racontés par Dangeau et aux notes que Saint-Simon y joint, et qui n'ont pas toutes passé en substance dans son grand ouvrage. La mort soudaine de Louvois au sortir d'un travail avec Louis XIV (16 juillet 1691) est un des endroits de Dangeau que Saint-Simon commente le plus ; il fait de ce grand Ministre un admirable portrait, où cependant, à force de vouloir tout rassembler, il a introduit peut-être quelques contradictions et des jugements inconciliables, comme lorsque après l'avoir représenté si absolu, si entier, il veut qu'il n'ait été bon qu'à servir en second et sous un maître.

Il s'y est donné aussi toute carrière pour le soupçon et pour les profondeurs mystérieuses, ayant bien soin de faire entendre que cette mort subite n'est pas venue au hasard, et laissant planer l'accusation dans un vague infini. Il paraît croire, d'ailleurs, que si Louvois n'était pas mort à propos ce jour-là, les ordres étaient donnés pour le conduire à la Bastille. À force d'être curieux, et soupçonneux, il y a des moments où Saint-Simon devient crédule. Restons dans les limites sévères de l'histoire. Louis XIV sentit à la fois qu'il faisait une perte et qu'il était délivré d'une gêne. Le roi d'Angleterre lui ayant envoyé faire des compliments sur la mort de Louvois, il répondit à celui qui venait de sa part : « Monsieur, dites au roi d'Angleterre que j'ai perdu un bon ministre, mais que ses affaires et les miennes n'en iront pas plus mal pour cela. » Vraies paroles et vrai sentiment de roi ! Louis XIV, dans Lyonne, dans Colbert même et dans Louvois, a des ministres et des instruments puissants, mais pas de collègues. On a fait abus, de nos jours, de ces collègues et de ces maîtres qu'on a donnés à Louis XIV.

Ce qui est bien sensible chez Dangeau, c'est qu'à l'instant où il perd Louvois, Louis XIV se met en devoir de s'en passer. Son emploi étant donné un peu pour la forme et par complaisance au jeune M. de Barbezieux, le roi, qui se fait comme son tuteur et son garant, s'applique plus que jamais au travail ; il devient son propre ministre à lui-même :

« Vendredi 31 août (1691), à Marly. — Le roi se promena tout le matin dans ses jardins ; il travailla beaucoup l'après-dînée, comme il fait présentement tous les jours. »

Il se met à faire la revue détaillée de ses troupes en ordonnateur en chef :

« Mercredi 7 novembre (1691), à Marly. — Le roi alla le matin sur la bruyère de Marly, devant la grille, faire la revue de deux compagnies de ses gardes du corps, celle de Luxembourg et celle de Lorges ; il les vit à cheval et à pied, et homme par homme, et se fit montrer les gardes qui s'étaient distingués au combat de Leuze pour les récompenser. »

« Samedi 17, à Versailles. — Le roi, après son dîner, fit sur les terrasses de ses jardins la revue de huit compagnies de son régiment des gardes, des quatre qui montent et des quatre qui descendent la garde. Il en avait déjà fait autant dimanche. Il est plus sévère qu'aucun commissaire. »

Il va encore à la chasse quand il peut, il s'amuse à tirer, ou à voir tailler ses arbres ; mais le soir, même quand il y a appartement, il s'accoutume à n'y point aller. Il finira par passer tous ses soirs chez madame de Maintenon, à y travailler avec ses ministres. Quelques passages rapprochés, et qui deviennent aussi fréquents chez Dangeau que l'étaient autrefois les articles des jeux et des divertissements, en diront plus que tout :

« Dimanche 6 janvier (1692), à Versailles. — Le soir il y eut appartement ; mais le roi n'y vient plus. M. de Barbezieux est malade depuis quelques jours, et le roi travaille encore plus qu'à son ordinaire. »

« Lundi 28, à Versailles. — Le roi ne sortit point de tout le jour, non plus qu'hier. Il donne beaucoup d'audiences, et travaille tout le reste du jour ; il s'est accoutumé à dicter et fait écrire à M. de Barbezieux, sous lui, toutes les lettres importantes qui regardent les affaires de la guerre. »

« Mercredi 2 avril, à Versailles. — Le roi et Monseigneur entendirent les ténèbres à la chapelle ; ensuite le roi travailla avec ses ministres. Il n'y a point de journée présentement où le roi ne travaille huit ou neuf heures. »

Cela se soutient et se régularise de plus en plus les années suivantes, et Dangeau, par des résumés de fin d'année, prend soin de constater cette réforme de plus en plus laborieuse de régime, qui suit la mort de Louvois. Louis XIV, en un mot, à cette époque où il allait dater de la cinquantième année de son règne (14 mai 1692), se mettait à l'ouvrage plus que jamais, et à son métier de roi sans plus de distraction. S'il y fit des fautes, il ne cesse d'y mériter l'estime. Il avait cinq grandes armées, sur pied : celle de Flandre, sous M. de Luxembourg ; celle d'Allemagne, sous M. de Lorges ; de la Moselle, sous M. de Boufflers ; d'Italie, sous Catinat ; de Roussillon, sous le duc de Noailles ; je ne parle pas des flottes, alors si actives. Il se décide, pour cette campagne de 1692, à faire encore quelque gros siége ; ce sera celui de Namur. — « Jeudi 10 avril, à Versailles. — Le roi tient conseil de guerre le matin avec M. de Luxembourg, M. de Barbezieux, Chanlay et Vauban. On fait partir Vauban incessamment, et on ne doute pas que le roi ne partît bientôt si la saison était moins retardée. » Ce Chanlay dont il est parlé, et que Dangeau, annoté par Saint-Simon, nous fait particulièrement connaître, était de ces seconds indispensables à la guerre, un officier d'état-major accompli, parfait à étudier les questions, les lieux, à dresser des instructions et des mémoires, à juger des hommes. Louvois l'avait légué à Louis XIV, qui voulait en faire un ministre : à quoi la modestie de Chanlay résista.

Ces parties sérieuses et toutes pratiques du règne de Louis XIV trouvent leur ouverture et leur éclaircissement par bien des passages de Dangeau. On part de Versailles pour le siége de Namur le 10 mai ; on arrive devant la place le lundi 26. Le roi y est pris de goutte ; ce qui ne l'empêche pas de tout voir, de donner ordre à tout. La ville se rend après sept ou huit jours de tranchée ; le château tient un peu plus longtemps. C'est encore un beau siége classique, régulier, modéré, courtois. Dès le premier jour les dames de qualité s'effrayent de rester dans la ville ; on demande pour elles un passe-port : « Le roi l'a refusé ; cependant les dames sont sorties et sont venues à une maison près de la Sambre. Le roi y a envoyé le prince d'Elbeuf. Il voulait qu'elles retournassent dans la ville ; mais elles persistèrent à n'y vouloir point retourner, et apparemment le roi aura la bonté de se relâcher ; il leur a même envoyé à souper. » Et le lendemain le roi envoie des carrosses à ces dames pour les conduire à une abbaye voisine. « Outre les quarante femmes qui sont sorties du côté du roi, il y en a eu encore trente, dit Dangeau, qui sont sorties du côté de M. de Bouflers. » Le roi, tout souffrant et peu valide qu'il est, s'expose suffisamment. À une action, pendant le siége du château, il reste toujours à cheval à une demi-portée de mousquet de la place, et quelques gens sont blessés fort loin derrière lui. Valeur et politesse, discipline et humanité, l'impression qui nous reste de tout cela, sans aller jusqu'à l'enthousiasme lyrique de Boileau, est celle de quelque chose de noble, d'honorable et de bien royal. Il arrive là, à cette prise de Namur, ce qui est plus d'une fois arrivé à la France dans le temps d'une victoire remportée sur terre, c'est un désastre sur mer : on apprend la défaite de M. de Tourville à la Hogue.

À son retour de Namur à Versailles, et dès le premier soir, Louis

XIV, voit entrer M. de Tourville, qui venait le saluer. Il lui dit tout haut, dès qu'il l'aperçoit : « Je suis très-content de vous et de toute la marine ; nous avons été battus, mais vous avez acquis de la gloire et pour vous et pour la nation. Il nous en coûte quelques vaisseaux ; cela sera réparé l'année qui vient, et sûrement nous battrons les ennemis. » Parole encore de vrai roi, qui n'a ni l'humeur du despote, irrité que les choses lui résistent, ni la versatilité du peuple, dont les jugements varient selon le bon ou le mauvais succès.

Cette année 1692 nous offre aussi le très-beau combat de Steenkerque, livré le 3 août par le maréchal de Luxembourg. Dangeau, qui dans le premier moment de la nouvelle l'appelle le combat d'Enghien, nous dit : « Samedi 9 août, à Versailles. — M. le comte de Luxe arriva ici ; il apporta au roi une relation fort ample de M. de Luxembourg de tout ce qui s'est passé au combat. Le roi nous a dit qu'il n'avait jamais vu une si belle relation, et qu'il nous la ferait lire. » Les éditeurs ont eu l'heureuse idée de nous faire le même plaisir que Louis XIV à ses courtisans, c'est-à-dire de nous donner le texte même de la relation de M. de Luxembourg, conservée au dépôt de la guerre, et de laquelle s'étaient amplement servis les historiens militaires du règne ; mais dans sa première forme et dans son tour direct, elle a quelque chose de vif, de spirituel, de brillant et de poli qui justifie bien l'éloge de Louis XIV, et qui en fait de tout point une page des plus françaises.

L'admiration de Dangeau est communicative, va-t-on me dire ; prenez garde d'y trop donner.

Je rends ce que j'éprouve en ces bons endroits, comme encore on me laissera citer ce mot de Louis XIV ; conservé par Dangeau, lorsque deux ans après environ le vainqueur de Steenkerque et de Neerwinden, Luxembourg, se meurt : « Vendredi 31 décembre 1694, à Versailles. — M. de Luxembourg à cinq heures du matin s'est trouvé mal, et sa maladie commence si violemment que les médecins le désespèrent. Le roi en paraît fort touché, et a dit ce soir à M. mon frère : « Si nous sommes assez malheureux pour perdre ce pauvre homme-là, celui qui en porterait la nouvelle au prince d'Orange serait bien reçu. » Et ensuite il a dit à M. Fagon, son premier médecin : « Faites, monsieur, pour M. de Luxembourg tout ce que vous feriez pour moi-même si j'étais dans l'état où il est. »

Louis XIV n'offre pas d'abord des trésors à celui qui sauvera M. de Luxembourg ; il dit ce simple mot humain : Faites comme pour moi-même. Ce sont là de rares moments dans sa vie de roi trop asiatique et trop idolâtré : il n'est que plus juste d'en tenir compte.

La campagne de 1692 fut la dernière de Louis XIV qui mérite ce nom ; car celle de l'année suivante ne parut qu'un voyage brusquement interrompu. Parti de Versailles le 18 mai 1693 pour l'armée de Flandre, Louis XIV, plus lent qu'à l'ordinaire, n'ayant rien arrêté de précis et s'étant trouvé pendant quelques jours malade au Quesnoy, fait mine de s'avancer du côté de Liége ; puis tout d'un coup, le 9 juin, au camp de Gembloux, il déclare qu'il s'en retourne à Versailles. Cette résolution soudaine étonna beaucoup. Le roi ne se montrait pas en cela fidèle à son principe, qui était de ne point s'en retourner sans avoir fait quelque chose. Il renonce désormais à être général et à aller de sa personne à la guerre.

Jusque-là, quand il l'avait fait, ç'avait été très-honorablement, bien que toujours dans son rôle de roi. Il ne cherchait point les périls, mais aussi il ne les évitait pas. Dangeau, pas plus en cette dernière occasion qu'en aucune autre, ne se permet le moindre commentaire : mais, ce qu'il y a d'un peu lourd ou de peu svelte jusque dans la force et la grandeur de Louis XIV, paraît bien dans le détail journalier de sa relation. Cet appesantissement en partie physique qui augmentait avec l'âge, cet enchaînement aux habitudes, ce besoin d'avoir toujours autour de soi une grosse cour, finirent par retenir le monarque à Versailles et dans ses maisons.

Si l'espace me le permettait, j'aurais à noter, dans le tome Ve, les teintes plus sombres qui se laissent apercevoir à travers l'uniformité officielle et l'impassibilité souriante de Dangeau. Ainsi on ne joue plus tant à la cour ; la santé du roi se dérange plus souvent ; quoique à chaque indisposition Dangeau prenne soin de nous rassurer. Les gouttes, les fièvres, aidées des médecines de précaution dont Fagon abuse, tournent en habitude chez Louis XIV, malgré son fonds d'excellente constitution. En même temps les impôts augmentent ;

les capitations ne rendent qu'avec lenteur. Le roi, qui a retranché une moitié sur les étrennes de ses enfants (1694) et deux cents chevaux de son écurie, cherche à étendre ses économies sur tout ce qui est dépenses de luxe, et sur les courriers que les généraux multipliaient sans nécessité pour la moindre affaire, et sur les Gobelins dont on a congédié tous les ouvriers. On ne paye plus l'Académie des sciences, ni « la petite Académie que M. Bignon avait fait établir pour la description des arts », celle qui est devenue l'Académie des inscriptions.

Même au travers du Dangeau, cela s'entend, tout crie misère. Des désertions, des révoltes dans les troupes se font sentir. Les nouvelles levées d'hommes sont de plus en plus difficiles, et d'odieux recruteurs y emploient la violence à l'insu du roi. Il est temps, c'est l'impression qu'on a, que la paix se fasse, et que le traité de Ryswyck arrive pour procurer à la France un intervalle de repos qui, malheureusement, ne sera pas assez long.

Les anecdotes, les portraits et croquis qu'on pourrait extraire de ces derniers volumes seraient sans fin, et Saint-Simon se greffant sur Dangeau produit des fruits qui ont une saveur tout à fait neuve. J'ai remarqué plus d'une jolie anecdote, une entre autres, toute littéraire, qui montre que ce n'est pas seulement de nos jours que l'ironie s'est glissée sous un air d'éloge dans le discours d'un directeur de l'Académie française recevant un nouveau confrère.

FIN.